ミュージカル『刀剣乱舞』
三百年の子守唄

脚本 御笠ノ忠次
原案「刀剣乱舞-ONLINE-」より
(DMM GAMES/Nitroplus)

集英社

【第1場】

本丸。
中庭。
陽光の差す春の一日。
鳥のさえずり。
石切丸がやって来る。

石切丸 …。

眩しそうに空を見上げ、春の日差しに笑みがこぼれる。

石切丸 …さて。

懐から矢立と和綴じの手帳を取り出す。

石切丸　…。

何から書き始めようかと考える。

石切丸　…よし。

文章ではなく、絵を描き始める石切丸。

どうやらにっかり青江を描いている様子。

石切丸　…ふふふ…似ている。

嬉しそうな石切丸。

大倶利伽羅が通りかかる。

石切丸は大倶利伽羅に気がつき、

石切丸　ああ、大倶利伽羅さん、丁度良かった。
大倶利伽羅　…？
大倶利伽羅をデッサンし始める石切丸。
大倶利伽羅　…何をしている。
石切丸　大倶利伽羅さんを描こうと。
大倶利伽羅　……何故。
石切丸　挿絵があった方が読みやすいだろう？
自ら描いたにっかり青江の絵を見せ、
石切丸　ほら、にっかりさんだ。
大倶利伽羅　…。
静かに睨む大倶利伽羅。
笑顔で返す石切丸。

手帳を閉じて真面目な表情になり、

石切丸　…先の戦いを記録しておこうと思ってね。

大倶利伽羅　…。

石切丸は遠くを見つめ、

石切丸　…こうして書き残しておけば…いつか誰かの目に触れて…思い出してくれる事もあるのかもしれない…。

大倶利伽羅　…。

石切丸　ちゃんと書き終える自信はないけれど。手紙ですら最後まで書き終えた事がないんだ。

大倶利伽羅　…。

石切丸　書き終える事が出来たら読んでくれないか？　君も出て来る。

大倶利伽羅は立ち止まり、

大倶利伽羅　…慣れ合うつもりはない。

大倶利伽羅は去って行く。

石切丸は微笑み、また手帳を開く。

石切丸　…さて、何処から書き始めようか。

石切丸はしばらく考え、

石切丸　…そうだ…あの日からにしよう…彼がこの本丸にやって来た日…。

石切丸は書き始める。

【第2場】

本丸。

鍛錬所。

審神者　…来れ…新たなる刀剣男士よ…。
木炭、玉鋼、冷却材、砥石を現す四つの光。
光が混ざり合い、千子村正が励起される。

千子村正　huhuhuhu。ワタシは千子村正。
そう、妖刀とか言われているあの村正デスよ。
huhuhuhu……。

♪M1　脱いで魅せましョウ

千子村正　huhuhuhu……
脱ぎましョウ　脱いで魅せましョウ
酔わせてあげましョウ

Ah　気を付けてください
ワタシに触れると危ないデスよ

huhuhuhu……
アナタを溺れさせまショウ
骨抜きにしまショウ
Ah　瞬きはしないで
その刹那に魅せる甘い痛み

ワタシの妖しい魅力
伝説に誰もが踊らされる
でも
花も実もあるのデス
艶やかに咲き誇る花
熟れた実
確かめてみマス？
この味を
この斬れ味を…

終わりの見えない戦いの旅もいつか
草鞋を脱ぐ時が来るでショウ
その時まで
アナタはワタシの虜　虜　虜　虜　虜

huhuhuhu……
脱ぎまショウ　脱いで魅せまショウ
酔わせてあげまショウ
Ah　気を付けてください
ワタシに触れると危ないデスよ
脱ぎまショウ　脱いで魅せまショウ
脱ぎまショウ　脱いで魅せまショウ

蜻蛉切が現れる。

蜻蛉切　…ようやく来たか。
千子村正　huhuhu。久しぶりデスね、蜻蛉切。

蜻蛉切　この間あった気もするが。
千子村正　せっかく会ったのデス。脱ぎマスか。
蜻蛉切　脱ぐな。だからお前は誤解されるのだ。
千子村正　構いません。言わせておけばいいのデス。

久しぶりの邂逅に微笑み合うふたり。

蜻蛉切　来い、本丸を案内しよう。
千子村正　はい。

並んで去って行く。
石切丸が現れ、手帳に書き付ける。

石切丸　…天文十一年、十二月、三河。

石切丸がいなくなる。

【第3場】

天文十一年十二月、三河、岡崎城付近。

遠征任務。

にっかり青江と大倶利伽羅がやって来る。

にっかり青江　…疲れたかい？　何処かで休んで行こうか。
大倶利伽羅　…。
にっかり青江　…それとも…泊まりの方がいいかな。
大倶利伽羅　…少し黙っていろ。

にっかり青江は微笑んでいる。

大倶利伽羅　…任務は終わった。俺は先に帰るぞ。
にっかり青江　つれないなあ。
大倶利伽羅　…いくさのない場所に用は無い。

にっかり青江　…それもそうだね、行こうか。

ふたりが行きかける。

怪しい気配が漂う。

ふたり同時に気がつき、遠くを見つめる。

大倶利伽羅　…あれは…。
にっかり青江　…時間遡行軍…。

驚愕する大倶利伽羅とにっかり青江。
駆け出す大倶利伽羅。
にっかり青江も後を追う。

岡崎城内。

松平勢と時間遡行軍の乱戦になっている。

時間遡行軍が松平勢を一方的に殺戮している。

家臣A　服部保長殿、討ち死に！
家臣B　本多忠高殿、討ち死に！
家臣C　榊原長政殿、討ち死に！
家臣D　酒井小五郎殿、討ち死に！
家臣E　鳥居忠吉殿、討ち死に！

次々と重臣の死が報告される。

にっかり青江と大倶利伽羅が現れる。

刀剣男士と時間遡行軍の戦い。

にっかり青江　…少し…数が…多いかな…。
大倶利伽羅　…関係無い。
にっかり青江　…？
大倶利伽羅　…戦うだけだ。

大倶利伽羅が敵の大群に突入し、いなくなる。

にっかり青江　…ああ、そうだね。さぁはじめようか。

にっかり青江も後を追う。

岡崎城本丸。

数人の侍が松平広忠を守るようにして戦っている。

広忠は赤子を抱えながら戦っている。

侍達が討ち取られ、広忠が孤軍奮闘する。

広忠は赤子をかばい、背中から斬りつけられる。

松平広忠　！

にっかり青江と大倶利伽羅が駆けつけ、

時間遡行軍を撃退する。

瀕死の広忠はにっかり青江に赤子を託し、

松平広忠　…この子を…。

にっかり青江　！

広忠は息絶える。

敵の新手が現れ、大倶利伽羅が引き受ける。

にっかり青江　…。

赤子を抱きかかえ、呆然とするにっかり青江。

大倶利伽羅　何をやっている！

にっかり青江　…この子は…どうすれば…いいのかな。

敵の増援が現れる。

大倶利伽羅　くっ！

しばらくひとりで応戦する大倶利伽羅。

大倶利伽羅　戦場だぞ！　にっかり青江！

にっかり青江　！

ようやく我に返るにっかり青江。

ふたりでなんとか窮地を切り抜け、突破する。

時間遡行軍はふたりを追う。

【第4場】

本丸。

物吉貞宗が子守唄を口ずさんでいる。

蜻蛉切と千子村正がやって来る。

物吉貞宗　あ、蜻蛉切様。

蜻蛉切　おお、物吉貞宗。

蜻蛉切は千子村正に、

蜻蛉切　紹介しよう。彼は……。

千子村正　千子村正と申しマス。

物吉貞宗　…あなたが。

少しだけ不穏な空気が流れる。

千子村正　huhuhuhu。光栄デスよ…徳川の守り刀であるアナタに、こんなところでお目にかかれるなんてね。

蜻蛉切　おい、村正。

千子村正　huhuhuhu。

千子村正が去って行く。

物吉貞宗　…。
蜻蛉切　…気を悪くするな。決して悪い奴ではないのだ…だが…。
物吉貞宗　…ええ、わかってます。

召集のホラ貝が鳴る。

物吉貞宗　…召集？
蜻蛉切　…行こう。

ふたりがいなくなる。

【第5場】

本丸。

審神者の部屋。

石切丸が座っている。

石切丸　…難しい任務になるだろうね。

審神者　……ええ。

石切丸が瞑目する。

審神者　…石切丸。

石切丸は目を開き、

石切丸　…主、やるよ…私にやらせてもらいたい。

審神者　…ありがとう…石切丸。

石切丸　…。

審神者　…わかっているとは思いますが…。

石切丸　…ああ、奴らが現れる可能性は極めて高い…そうだね？

審神者　…ええ、くれぐれも気をつけて下さい。

物吉貞宗、蜻蛉切、千子村正がやって来る。

蜻蛉切　主、お呼びでしょうか？

審神者　想定外の事態が起きました…大倶利伽羅とにっかり青江が遠征任務中に消息を断ったのです。

石切丸以外の刀剣男士達が驚愕する。

蜻蛉切　…消息を…断った？

審神者　…はい。

物吉貞宗　…おふたりの安否は？

審神者　…わかりません。

沈黙。

審神者　私は…彼らは無事だと信じています。あなたがたには彼らの救出に向かって頂きたいのです。

蜻蛉切　直ちに向かいましょう…場所は？
審神者　天文十一年十二月、場所は三河、岡崎城付近。
物吉貞宗　それでボクたちが選ばれたわけですね。
蜻蛉切　岡崎は我らにとって庭のようなもの。お任せ下さい。
審神者　頼みます。千子村正、来たばかりのところで申しわけありませんが…。
千子村正　huhuhuhu。任せてもらいまショウ。
審神者　隊長は石切丸にお願いします。
石切丸　…いくさの専門家ではないが…まかせてもらおうか。
千子村正　出陣デスね。伝説を増やしに行きまショウ。
蜻蛉切　我こそは三名槍がひとつ、蜻蛉切！
物吉貞宗　みなさんは、ボクがお守りいたします！

整列する刀剣男士達。

審神者　刀剣男士…出陣！

♪
M2　鼓動

蜻蛉切　戦う運命《さだめ》に生きる
　迷いは捨ててきた

物吉貞宗　血《ち》煙《けむり》霞んだ荒野
　響き渡る鬨《とき》の声

千子村正　襲い来る無数の　牙むくモノたち
　そのうめき

石切丸　幾度交えただろう
　終わりなき死闘　この痛み

千子村正　火花を散らす刃《やいば》

蜻蛉切　とどろく鉄の叫び

石切丸　荒ぶる己《おの》が魂を

物吉貞宗　解き放て

石切丸　今こそ

全員　渾《こん》身《しん》一《いち》撃《げき》

全員　鳴り響く　On Beat　戦う我らの鼓動
　吹き荒れる嵐　ものともせずに

戦いの本能よ　胸に抱《いだ》く使命よ
今だ果たすときは　駆け抜けてゆけ
時を超えて

【第6場】

岡崎城付近。
大倶利伽羅とにっかり青江が駆け込んで来る。
ふたりとも軽傷を負っていて息が荒い。
にっかり青江は赤子を抱えながら座り込む。
大倶利伽羅は周囲を警戒している。

大倶利伽羅　…ここも時間の問題だな。

にっかり青江　…。
大倶利伽羅　…お前は行け。
にっかり青江　…そんなことは出来ないよ。
大倶利伽羅　…足手まといだ。
にっかり青江　だったら僕を置いて行けばいいだろう？
大倶利伽羅　……その赤子はどうするんだ？
にっかり青江　…そうだねぇ。
大倶利伽羅　……行け……ひとりの方がましだ。

時間遡行軍が現れる。

大倶利伽羅　…チッ。
にっかり青江　…君の望み通りにしてあげられなくてすまないね…
どうやら僕達は離れられない運命みたいだよ。

赤子が泣き始める。

にっかり青江　…すまないね…助けてあげられなくて。
大倶利伽羅　…行くぞ。

戦闘が始まる。

大倶利伽羅が軽傷を負う。

にっかり青江　大倶利伽羅！

大倶利伽羅　……それで？

敵を斬り倒す大倶利伽羅。

にっかり青江が軽傷を負う。

にっかり青江　そんなに僕に触れたいのかい？

敵を斬り倒すにっかり青江。

多勢に無勢、徐々に追いつめられるふたり。

大倶利伽羅　…。

にっかり青江　…。

敵に囲まれるが、間一髪のところで千子村正が駆け込んで来て敵を倒す。

千子村正　huhuhu。
大倶利伽羅　…誰だ。
千子村正　ワタシデスか？　そうデスねえ…自己紹介がてら、脱ぎまショウか？
にっかり青江　へえ、お手並み拝見としようか。
大倶利伽羅　…何を言っている？

敵の増援が襲って来るが、
物吉貞宗が駆け込んで来て一蹴する。

物吉貞宗　にっかり様！　大倶利伽羅様！　ご無事で！
にっかり青江　…物吉貞宗くん。
物吉貞宗　村正様！　ここは防御を固めておふたりが到着するのを待ちましょう！
千子村正　huhuhu。　嫌デス！
物吉貞宗　村正様！

千子村正は物吉貞宗の提案を無視して戦い続ける。

敵の増援が現れる。

蜻蛉切が現れ、敵を一掃する。

にっかり青江　蜻蛉さん。

蜻蛉切　にっかり青江、大倶利伽羅、無事で何よりだ。

更に敵の大軍が現れる。

石切丸が現れる。

石切丸　……祓いたまえ……清め給え……。

時間遡行軍が動揺する。

石切丸　…厄落としだ！

一撃で敵を一掃する石切丸。

石切丸　いやはや、遅くなってすまないね、

にっかり青江　…相変わらずのんびりだなあ…石切丸さんは。

石切丸　…無事に合流出来たところで…励むとしようか。

♪M3　刀剣乱舞

全員　刀剣乱舞　強く強く
鍛えし鋼　今　解き放つとき
刀剣乱舞　高く高く　誇り　胸に抱《いだ》きて
この身　朽ち果てるとも

千子村正　匂い立つその姿　妖しき光

にっかり青江　青き血の薫り　闇に満ちていく

大倶利伽羅　さあ斬り合おう
戦道《いくさみち》　独りゆく　漆黒の龍

石切丸　撃ち込むは　怒り祈り本能か　一振りの凪

物吉貞宗　この勝利　運ぶために
蜻蛉切　今馳せ参ず　武人の誉れ

全員　刀剣乱舞　熱く熱く
この身を焦がし　今　駆け抜けてゆく
刀剣乱舞　永久《とわ》に永久《とわ》に　主命　胸に抱《いだ》きて
この身　燃え尽きるとも

石切丸　斬り裂いた　夜空の向こうに
何が待つのだろう

大倶利伽羅　俺は戦い抜く　刀として生き　死ぬまでだ

全員　刀剣乱舞　強く強く
鍛えし鋼　今　解き放つとき
刀剣乱舞　高く高く　誇り　胸に抱《いだ》きて
この身　朽ち果てるとも

【第7場】

三河国、某所。

時間遡行軍が刀剣男士達を捜索している。

怪しい水色の光が輝く。

正体不明の水色の光に時間遡行軍が駆逐され、全滅する。

岡崎城付近。

刀剣男士達がにっかり青江の話を聞いている。

大倶利伽羅はひとり、離れたところにいる。

にっかり青江　…遠征任務の帰り道、敵の大群が岡崎城を攻撃しているのが見えたんだ。向かったんだけれど…間にあわなくてね。松平家は全滅…生き残ったのは…この子だけ。

赤子を見つめるにっかり青江。

物吉貞宗　…。

俯く物吉貞宗。

蜻蛉切　…。
石切丸　…想定外の事態だったんだ、仕方ないよ。
にっかり青江　…。
石切丸　…よく折れずにいてくれた。
にっかり青江　…。
蜻蛉切　…しかし…敵は何故岡崎城を。
石切丸　…松平家を滅ぼし、江戸幕府の誕生を阻止しようとした…主はそう言っていたよ。
千子村正　…そして、その狙いは達成されてしまった…ということデスね。

重たい空気が流れる。

空気を察したのか、赤子が泣き始める。

にっかり青江はどうしたら良いのかわからない。

物吉貞宗　！

驚愕する物吉貞宗。

物吉貞宗　…まさか。

石切丸　どうしたんだい？　物吉くん。

にっかり青江から赤子を受け取る物吉貞宗。

物吉貞宗　…やっぱり！

物吉貞宗は嬉しそうに赤子をあやす。

赤子は泣き止み、笑い始める。

物吉貞宗　あはは、笑った笑った、うん！　笑顔が一番！

にっかり青江　…物吉くん、その子を知っているのかい？

物吉貞宗　当然じゃないですか！　ボクはこのお方のお傍でずっとお仕えしていたんですから！

にっかり青江　？

石切丸　…物吉くん、じゃあ…その赤ん坊は…。

物吉貞宗　はい！　竹千代君…後の…徳川家康公です！

驚愕する刀剣男士達。

石切丸　…このいくさ…まだ負けたわけではないようだね。

物吉貞宗は嬉しそうに竹千代を見つめる。

物吉貞宗　…嬉しいです…またあなたに幸運を運ぶことが出来るなんて。

♪

M4　瑠璃色の空I

ねんねん　ねんねん　ねんころりん
ねんねん　ねんねん　ねんころりん

夕紅《ゆうくれない》の刻《とき》を過ぎて
訪《おとづ》る静寂《しじま》
まつり始まる前の静けさ
君はまだゆめの中

ねんねん　ねんねん　ねんころりん
ねんねん　ねんねん　ねんころりん

ねんころりん
ねんころりん

物吉貞宗

【第8場】

時間が経過している。

石切丸の話を聞いている刀剣男士達。

蜻蛉切　…破壊された歴史を再生する…ですか？

石切丸　そう。それが我々に与えられた次の任務だよ。

千子村正　…歴史は既に変えられてしまった。もはや手遅れなのではないデスか？

石切丸は竹千代に視線をやり、

石切丸　徳川家康が生きている。

竹千代の笑い声が聞こえる。

千子村正　…彼一人が生きていたところでどうなるのデス？

石切丸　歴史は一人の人間の力で変えられるものではないはずデス。
千子村正　その通りだよ。徳川家康を徳川家康たらしめていたのは
石切丸　歴史の流れと、彼と共に在った家臣の存在が大きい。
…しかし、徳川家の家臣は死に絶えてしまったのでショウ？
ああ、だから我々が徳川家の家臣になるんだよ。

驚愕する刀剣男士達。

蜻蛉切　…我々が…徳川家の家臣に…。

石切丸が頷く。

♪M5　希望の源

石切丸　果てしない大海へとつながる
歴史の水脈は今
堰き止められて　流れは絶たれたが

しかし…
ここに希望がある
命の水の源がある
決して絶やしてはならない

石切丸　我々は歴史から消された徳川家の家臣に成り代わり、
歴史を元の通りに再現、再生する。

まだピンときていない様子の刀剣男士達。

石切丸　つまり、私は今日から…そうだな、服部半蔵として
生きることにしよう。

石切丸　新しい名前と役割持ち
歴史の礎となろう
史実通りに　徳川家康を
支え…

物吉貞宗から竹千代を受け取って、捧げるように持ち、

石切丸　江戸幕府の誕生に貢献する。

石・蜻・物　ここに希望がある…
命の水の源がある…
決して絶やしてはならない…

刀剣男士達は頷いて理解する。

にっかり青江　そういうことか…なるほどねぇ。
千子村正　しかし、歴史を元通りに再現するなんて、
そんなこと出来るのでショウか…。
石切丸　物吉くんがいる。

物吉貞宗に視線が集まる。

石切丸　徳川家康の愛刀だった物吉くんがいれば、それが出来るはず。
物吉貞宗　はい！　家康公のことならなんでも知っています！
石切丸　大事にしていただきましたから！
にっかり青江　それに、蜻蛉切さんもいる。
物吉貞宗　そうか、蜻蛉さんの元主は本多忠勝だったね。
蜻蛉切様には忠勝さんとして生きて頂きましょう！

浮かない顔をしている蜻蛉切。

石切丸　何か気にかかることがあるのかな？
蜻蛉切　…確かに…あの人は家康公の側近でした。
自分の記憶もお役に立てると思います…
しかし…自分があの人のかわりになるなど…恐れ多い…。

俯く蜻蛉切。

石切丸　…わかった。無理強いするのもよくないからね。

蜻蛉切　ゆっくり考えるといいよ。
千子村正　…申しわけありません。
蜻蛉切　…そこまでして生かす価値があるのデスか？　徳川家康は。
千子村正　村正。
…冗談デスよ。

去ろうとする千子村正。

蜻蛉切　何処へ行く。
千子村正　…ワタシは傍に居ない方がいいでショウ。徳川に仇なす妖刀のワタシが傍に居ては…何が起きるかわかりませんからね。少し離れたところから見守らせてもらいマスよ。

千子村正がいなくなる。

蜻蛉切　…まったく、だから誤解をされるのだ。

大倶利伽羅が立ち上がり、

大倶利伽羅　…俺も外させてもらう…戦うこと以外は興味が無い。
にっかり青江　…大倶利伽羅。
大倶利伽羅　…周辺の警戒はしておく。

大倶利伽羅がいなくなる。

少しだけ微妙な空気が流れる。
石切丸は特に気にした様子もなく、

石切丸　若いね…まあ、いいんじゃないかな。向き不向きは誰にでもある。それぞれがそれぞれの戦い方で戦えばいい。今はまだね。
蜻蛉切　…しかし。
石切丸　長い任務になる…焦らずにいこうよ。
蜻蛉切　…石切丸様がそうおっしゃるなら。

石切丸は頷き、物吉貞宗に竹千代を預ける。

石切丸　さあ、物吉くん、まずは何から始めようか。

物吉貞宗は少し考え、

物吉貞宗　…う〜ん、そうですね…。

竹千代が笑う。

物吉貞宗　ふふ、わかりました！　まずはお家が必要ですね！　焼け落ちた岡崎城を建て直しましょう！

石切丸　いいね、そうしようか。

蜻蛉切　力仕事ならまかせて頂こう！

物吉貞宗　頼もしい！　よろしくお願いします！

物吉貞宗と蜻蛉切がいなくなる。

ふたりが去って行った方を目で追うにっかり青江。
じっと手を見る。

にっかり青江　…。

石切丸　どうしたんだい？　にっかりさん。

にっかり青江　…知らなかったんだ。
石切丸　…？
にっかり青江　…かつての主達とも…血のそれとも違う…。
石切丸　…。
にっかり青江　…赤ん坊のぬくもり…。
石切丸　…。
にっかり青江　…とてもいいものだね。
石切丸　…ああ。
にっかり青江　…知らなかったよ。
石切丸　…。

にっかり青江は少し微笑み、

にっかり青江　…そんなことも知らなかったなんて…
僕は…少し血を吸い過ぎたのかな。

沈黙。

石切丸　…にっかりさん。

にっかり青江　…？
石切丸　前に私に聞いたことがあったよね。
僕はなんで神剣になれないんだろうって。
にっかり青江　…ああ、君はこう答えた…霊とはいえ、幼子を斬ったからだと。
石切丸　…。
にっかり青江　…それがどうかしたのかい？
石切丸　…徳川家康…彼は神になるんだ。
にっかり青江　…え？
石切丸　…君は…神の子を助けたんだよ。
にっかり青江　…。

にっかり青江は少し驚き、石切丸を見つめる。
石切丸はあえて目を合わせない。

にっかり青江はいつもの笑顔に戻り、

にっかり青江　…僕も手伝ってこようかな…このままだと、彼は神になれないからね。

にっかり青江がいなくなる。

石切丸　…我々は焼け落ちた岡崎城を建て直し、松平家を再建することになった。
慣れないことばかりで大変だったけれど、
三河の民が手伝ってくれたのでとても助かった。
松平家は民に愛されていたようだ。
彼らは松平家の跡取りが生きていたことをとても喜んでくれた…
…注釈、松平とは家康が徳川を名乗る前の名字…と。
徳川家康を育てるのは主に物吉くんの役割になった。
かつて愛刀だった物吉くんには適任だと思う。
彼は子育てに向いている。

竹千代を抱えた物吉貞宗が現れ、

物吉貞宗　可愛い笑顔ですね！

物吉貞宗は何か臭う事に気がつく。

物吉貞宗　？

どうやら竹千代がもらしている様子。

物吉貞宗　よしよし、おむつをかえましょうねー。

物吉貞宗がいなくなる。

石切丸　意外なところで、にっかりさんも子育てに熱心だった。
赤ん坊をどう扱ったらいいのかわからないみたいだけど、
見ているのは楽しいみたいだ。
不思議なものを見る目で見つめている姿をよく見かける。

にっかり青江が現れ、竹千代を見つめて、

にっかり青江　…嫌いじゃないよ…やわらかいものはね…食べてしまおうかな。

にっかり青江がいなくなり、

石切丸　蜻蛉切さんは…いつも通りだ。赤ん坊が傍に
いようといまいと、蜻蛉切さんは蜻蛉切さんだ。

蜻蛉切は竹千代をおぶりながら槍の稽古。

蜻蛉切　うん！

大きく頷き、去っていく蜻蛉切。

石切丸　…大倶利伽羅さんと千子村正さんは…
少し離れたところで見守ってくれていたようだ。
もちろん、ふたり別々の場所から。

大倶利伽羅と千子村正が別々の場所から現れ、
敵を斬り、納刀。

千子村正　せっかくデスからふたりで一緒に暮らしませんか？
大倶利伽羅　慣れ合うつもりはない。
千子村正　私は慣れ合うつもりでいっぱいデス。
大倶利伽羅　…。

ふたりがいなくなる。

石切丸

民と共に国づくりをする…これは私にとって楽しい作業だった。
考えてみれば、かつての私はいつも民と触れ合っていたのだ。
懐かしい感覚だった。
そうして…十年という歳月はあっという間に過ぎていった…
…天文二十年、駿府…徳川家康、十歳。

石切丸がいなくなる。

【第9場】

天文二十年、駿府。

夕暮れ。

竹千代が空を見上げている。

跪いている物吉貞宗とにっかり青江。

竹千代　…忠次。
にっかり青江　…はい。

竹千代は空を指差し、

竹千代　…鳥が群れて飛んでおる。
にっかり青江　あれは…雁だと思われます。
竹千代　…雁。
にっかり青江　はい。
竹千代　…あれは…親子であろうか。
にっかり青江　…そう…かもしれませんね。

竹千代は俯く。

竹千代　…鳥でさえ親がおるというのに…
どうして竹千代にはおらぬのであろう…。

竹千代は空を見上げ、

竹千代　…父上。
にっかり青江　…竹千代様。
竹千代　…わかっておる…殺されたのであったな。
にっかり青江　…はい。
竹千代　…。

物吉貞宗は空気を変えるように笑顔になって、

物吉貞宗　竹千代様！
竹千代　…なんじゃ？ 元忠。
物吉貞宗　こういうときこそ笑顔です！
竹千代　…笑顔？
物吉貞宗　はい！ 辛いことや悲しいことはたくさんあります！ でも、笑顔を失ってはだめです！ 笑っている人のところに幸運は舞い込んで来るんですよ！
竹千代　…笑うと…幸運が舞い込んで来るのか？
物吉貞宗　はい！ ボクは竹千代様の笑顔が大好きです！

竹千代は少し考え、不器用な笑顔を見せる。

竹千代　…こうか？

物吉貞宗　はい！　素敵な笑顔です！　もっともっと笑いましょ！

竹千代　…これならどうだ？

物吉貞宗　おお？　良いですねえ。ボクも負けませんよ！

竹千代　えっへへ！

物吉貞宗　えっへへ！

竹千代　えっへへ！

ふたりが笑い合う。

にっかり青江も微笑んでいる。

竹千代　不思議じゃ。本当に幸せな気分になってくる。

物吉貞宗　はい！　笑顔が一番です！

竹千代　…そうじゃな。いかなる時も笑顔を心がけることにしよう。

日が落ち、カラスの鳴き声が聞こえて来る。

にっかり青江　竹千代様、そろそろ戻りましょう。

竹千代　うん。

物吉貞宗　お歌を歌って帰りませんか？

竹千代　…歌？

物吉貞宗　ええ。こうです。カアカア、ゲコゲコ…。

歌いながら去っていく。

蜻蛉切、千子村正、大倶利伽羅が現れる。

千子村正　…酒井忠次に鳥居元忠デスか。

蜻蛉切　ああ。

千子村正　…あのように徳川家の重臣に成り代わって歴史を軌道修正しているというわけデスか。

蜻蛉切　ああ、そういうことだ。

♪ M6　希望の源　リプライズ

蜻蛉切　果てしない大海へとつながる
歴史の水脈を今
再び築き　流れを取り戻す
ならば……？

千子村正はからかうように、

千子村正　アナタも本多忠勝を演じることになるわけデスね？
蜻蛉切　…それは…自分にあの人を演じることなど
出来るわけが…器が違い過ぎる…。
千子村正　huhuhuhuhu。

蜻蛉切は少しムッとして、

蜻蛉切　お前も時が来たらどなたかのかわりになってもらうことになるのだぞ。
千子村正　…さて、ワタシなんかが徳川の家臣になって良いものかどうか…殺してしまうかもしれませんよ。
蜻蛉切　村正！
千子村正　huhuhuhu。冗談デスよ。

千子村正がいなくなる。

蜻蛉切　…まったく。
大倶利伽羅　…。
蜻蛉切　ああ、大倶利伽羅は事情を知らないんだったな。
大倶利伽羅　…別に興味は無い。
蜻蛉切　そう言うな。任務に関わるかもしれんから一応知っておいて欲しい。
大倶利伽羅　…。
蜻蛉切　…村正はな…徳川家に仇なす妖刀と言われているのだ。
大倶利伽羅　…徳川に…仇なす妖刀…。
蜻蛉切　…ああ…あやつは…家康公の祖父…それから父君を斬った…そう言われている。

大倶利伽羅　…。

月夜。
千子村正が月を眺めている。

♪M7　可惜夜《あたらよ》の雲

千子村正　明けるのが惜しい程の
美しい夜
麗しい月
楽しむ間もなく
雲隠れ
訪れる常闇
空の鏡を隠す雲
可惜夜《あたらよ》の雲

ワタシが見上げると
いつの時も
訪れるは　常闇

千子村正　…。

にっかり青江が現れる。

にっかり青江　…。

千子村正はにっかり青江に気がつき、

千子村正　…にっかりさん…いや、酒井忠次殿と呼ぶべきでショウか？
にっかり青江　…好きに呼んでくれたらいいよ。
千子村正　何かようデスか？
にっかり青江　…いや、何もないよ。
千子村正　…そうデスか。

沈黙。

千子村正　…脱ぎまショウか？
にっかり青江　…脱がなくていいよ、今はね。
千子村正　…そうデスか。

沈黙。

千子村正　…なんの時間デスか？
にっかり青江　…なんだろうねぇ。

沈黙。

にっかり青江　…徳川に仇なす刀…か。本当なのかな。
千子村正　…そう思っている人が多いのは事実デス…村正といえば妖刀…一度持たれた印象は…そうそう変わるものではないのデスよ。
にっかり青江　…嫌いかい？　徳川家康のこと。
千子村正　好きとか嫌いとか……しいて言うなら…。

にっかり青江　？
千子村正　よくわからない人デス。それから…人気が無い。
にっかり青江　くくっ、確かに。
千子村正　わかりますか？
にっかり青江　織田信長のように苛烈な個性を持つわけでもないし、豊臣秀吉のように民から人気があるわけでもない。
千子村正　そう、つまりは地味なんデス。
にっかり青江　…そうだね。でも…。
千子村正　？
にっかり青江　結果的に、天下は彼が治めることになった。
千子村正　…。
にっかり青江　…どうしてなんだろうねぇ。
千子村正　…。
にっかり青江　…僕はね…見届けてみようと思うんだ…彼の傍でね。
千子村正　……興味はないデス。
にっかり青江　…無理もないね。でも、興味のないことや苦手なことに手を出すのも悪くないよ。僕もまさか自分が子育てをすることになるなんて思ってもみなかったから…これはこれで楽しいよ。

にっかり青江が去って行く。

♪M8　かざぐるまⅠ

千子村正　…子育てデスか。

千子村正　頬に当たる風は
そよそよ
かざぐるまは
ゆっくりと回る
でも
吹きかける息が増えれば
その回りは速度を増す
ほら　風は少しずつ…

千子村正がいなくなる。

蜻蛉切

風は季節を巡らせる
春を目覚めさせ　夏を呼び
秋に染まり　冬を連れてくる

石・蜻・大

回れよ　回れ
かざぐるま
カラカラと…（カラカラと）
カラカラと…（カラカラと）
回れよ　回れ
かざぐるま

蜻蛉切

幾年月

竹千代に剣術の稽古をつけている物吉貞宗。

蜻・大　幼子は瞬く間に　初冠《ういこうぶり》
石・蜻・大　回れよ　回れ
かざぐるま
カラカラと…（カラカラと…）
カラカラと…（カラカラと…）
回れよ　回れ
かざぐるま
大倶利伽羅　幾星霜

書見をし、竹千代に学問を教えるにっかり青江。

蜻・大　風の吹く方角を見極めればこそ
石・蜻　永久《とわ》に回り続ける
かざぐるま
石・蜻・大　希望はその名を幾たびと変え
石切丸　腕の中には新たな命

石・蜻・大　回れよ　回れ
かざぐるま
カラカラと…（カラカラと…）
カラカラと…（カラカラと…）

石切丸　回れよ　回れ
かざぐるま
カラカラと…
カラカラと…

石切丸　…天文二十四年、竹千代君は十三歳で元服。後に松平元康と
名を改める。永禄二年、長男の信康が誕生する…。

石切丸は筆を止める。

石切丸　…。

再び書き始め、

石切丸　…そして永禄三年五月、今川義元は宿敵織田家を討つため
大軍を率い、駿府を出発。
世に言う、桶狭間の戦いである。

【第10場】

永禄三年、五月。
元康が赤子の信康を抱いている。
元康は信康を満面の笑顔であやす。
信康の笑い声が聞こえる。

松平元康　…ふふふ、うい奴じゃ。

全力で信康をかわいがる元康。

石切丸が咳払いをする。

元康は一転して真面目な表情になり、

松平元康　……半蔵。

石切丸　……はい。

元康は石切丸に信康を渡す。

松平元康　……元忠、この戦、どう見る。

物吉貞宗　はい！　今川勢の兵力は我々も含め二万。対する織田勢は三千にも満たないでしょう。兵力差から考えれば我々の圧勝だと思われます……ですが……。

松平元康　……？

物吉貞宗　このいくさ、織田様が勝つと思います。

松平元康　……根拠は？

物吉貞宗　はい！　幸運は今、織田様の元にあるからです！

松平元康　……運が、織田殿に味方するということか。

物吉貞宗　はい！
松平元康　…ふうむ。

複雑な表情を浮かべる元康。

松平元康　…元忠の見立てが外れたことは無い…恐らくそうなるのであろう…。
しかし…今の我らは今川家の者…この戦、どうすれば…。
蜻蛉切　恐れながら申し上げます。
松平元康　なんじゃ？　忠勝。
蜻蛉切　…結果がどうあれ…我らは我らのいくさをするべきかと。
松平元康　…我らの戦か…ふむ、我らの戦のう…
…うむ、お主の言う通りじゃ！
三河武士らしい戦をして見せよ！　頼んだぞ！　忠勝！
蜻蛉切　は！

信康が泣き出す。

松平元康　おー、よしよし、そうかそうか、戦は怖いのう、
嫌じゃのう、わしも戦は大嫌いじゃ。

元康は信康をあやしながらいなくなる。

千子村正がやって来る。

千子村正　とても、海道一の弓取りと言われた人とは思えませんねぇ。
育て方を間違えたんじゃありませんか？

物吉貞宗　いえ、家康公は元々あのようなお人柄でしたよ。

千子村正　狸親父の片鱗、既に有りというところデスか…それにしても…。

千子村正はからかうように、

千子村正　…堂々とした演技ではないデスか、本多忠勝殿。

蜻蛉切　からかうな村正！　任務だから耐えているものの…
申しわけない気持ちでいっぱいなのだ…。

千子村正　huhuhuhuhu！

大倶利伽羅がやって来る。

大倶利伽羅　…いくさなのか？
にっかり青江　うん。出番だよ、大倶利伽羅。
大倶利伽羅　…敵は？
にっかり青江　織田信長。
大倶利伽羅　…相手にとって不足は無い。
石切丸　物吉くん。作戦を。
物吉貞宗　はい。ボクたちに与えられた歴史上の使命は織田家の猛将佐久間盛重様の守る丸根砦を落とすことです。最前線なので気をつけて下さい。
千子村正　我々は足軽に紛れて参戦することにしまショウ、大倶利伽羅。
大倶利伽羅　…慣れ合うつもりはないぞ。

千子村正と大倶利伽羅がいなくなる。

石切丸　…よし、行こうか。

頷き、駆け出す刀剣男士達。

丸根砦付近。

吾兵　オラならできる…オラならできる。

足軽達が集まっている。

ひと際貧しい風体の吾兵。

吾兵を嘲笑する足軽達。

足軽A　おい、お前、そんな格好で何処へ行こうというのだ？

吾兵　…戦だ。

笑いが止まらない足軽達。

足軽B　やめとけやめとけ、犬死にするだけぞ。百姓は百姓らしく土に塗れておれ。

吾兵　……へっ。

強がって足軽達を嘲笑する吾兵。

足軽B　…このやろうっ。
足軽A　…戦の邪魔だと言っているのがわからんのか？
吾兵　う、う、う、うるせえ！

腰の物に手をやる吾兵。

足軽A　ほお、やるか？

足軽達は刀に手をやる。

吾兵が鎌を抜く。

足軽達、爆笑。

足軽B　お前、刀も持っておらんのか？
足軽A　そんなもので戦を？　とんだどん百姓じゃのう！
吾兵　お、お、お前らなんかこれで充分だ！
足軽A　…口だけは達者のようじゃ。

足軽B　どれ、少し黙ってもらうか。

足軽達が抜刀する。

吾兵　！

吾兵の背後から大倶利伽羅が現れる。

吾兵　兄貴、遅いじゃねぇですか。

大倶利伽羅を見る吾兵と足軽達。

大倶利伽羅　…。

大倶利伽羅はこの状況に特に興味はない様子。
吾兵はこそこそと大倶利伽羅の背後に回り、

吾兵　我らにかなうと思っておるんか！

足軽A　…。

足軽B　……。

納刀し、舌打ちして去る足軽達。
安堵の溜息をもらす吾兵。

沈黙。

吾兵は落ち着き無く、

吾兵　……なあ、あんた……。
大倶利伽羅　……。
吾兵　……戦って……どんな感じなんだ？
大倶利伽羅　……。
吾兵　……実は……おらあ、戦は初めてなんだ。
大倶利伽羅　……。
吾兵　……怖ぇよ……震えが止まらねえ……これから殺し合いが始まるんだろ？
畜生……なんでこんなこと……。
大倶利伽羅　……怖いなら……今すぐ抜けろ。

吾兵　え？
大倶利伽羅　…お前のような奴は…死ぬ。
吾兵　…くそっ…馬鹿にしくさって…そうはいかねえんだ…
おらあには戦わなくちゃいけねえ理由があるんだ。
大倶利伽羅　…。
吾兵　…くそっ…情けねえなあ……なあ、あんたは怖くねえのか？
大倶利伽羅　……いくさがか？
吾兵　ああ。
大倶利伽羅　…わからないな。
吾兵　…そうか…きっと、あんたみてえなやつが生き延びるんだろうなあ。

ホラ貝の音が聞こえる。

吾兵　始まった！　よおし…行くぞ…行くぞ！

駆け出す吾兵。

吾兵は一度立ち止まって振り返り、

吾兵　おらあ、掛川の吾兵ってんだ。あんた、生きてたらまた会おうな。

吾兵は駆けて行く。

大倶利伽羅　……。

大倶利伽羅も駆け出す。

丸根砦。

松平家の軍勢と織田家の軍勢の乱戦。

松平勢が圧されている。

刀剣男士達が駆けつける。

刀剣男士と織田勢の乱戦。

吾兵が斬られそうになる。

大倶利伽羅が敵を引き受け、

大倶利伽羅　…どいていろ。

率先して織田勢を斬っていく大倶利伽羅。

吾兵が大倶利伽羅の様子を見ている。

吾兵　す、すんげえ。

一瞬の躊躇の後に無双を発揮する石切丸。

石切丸　…。

にっかり青江は石切丸の様子を見つめている。

乱戦。

織田勢を全滅させる。

静寂。

人間の亡骸で溢れ返る戦場を無言で見つめている石切丸。

石切丸　…………………。

俯く石切丸。

にっかり青江　…。

にっかり青江だけが石切丸の様子が違うことに気がつく。

大倶利伽羅　…次は？

物吉貞宗　…ボクたちの役割はここまでです。これから後、信長公が今川勢の本陣に奇襲をかけ、今川様は討ち死に…桶狭間の戦いはそれで終わりです。

大倶利伽羅　…こんなものか。

石切丸　…。

石切丸が笑い出す。

大倶利伽羅　…？

いつもと様子の違う石切丸に驚く刀剣男士達。
石切丸は微笑みをたたえ、

石切丸　…こんなもの…こんなものと言ったね…。
どれだけ多くの血が流れたと思ってるんだい？

大倶利伽羅　……それがいくさだ。

睨み合うふたり。
石切丸は笑顔をたたえたまま抜刀する。

石切丸　抜きなよ。　いくさがし足りないなら私がつきあってあげるから。

にっかり青江　石切丸さん。

大倶利伽羅　…。

緊張が走る。

石切丸は微笑んだまま大倶利伽羅を見つめている。

大倶利伽羅が抜刀する。

蜻蛉切　よせ！　大倶利伽羅！

大倶利伽羅が石切丸に斬りかかる。

石切丸　…軽いな、君の剣は。
大倶利伽羅　…。
石切丸　…そんな軽い剣では何も斬れないよ。
大倶利伽羅　…！

ふたりが再び対峙する。
互いに踏み込みあったところに、

千子村正　お待ちなさい！

何処からともなく千子村正がやって来て間に入る。
千子村正は言葉とは裏腹に真剣な様子で、

千子村正　…ワタシのいないところで脱いだり脱がされたりは…許しませんよ。

静寂。

石切丸は納刀し、微笑みを浮かべ、

石切丸　それもそうだね。

大倶利伽羅　…。

大倶利伽羅も納刀する。

遠くから元康の『お〜い！』という声が聞こえてくる。

千子村正　…。

千子村正が何処かに消える。
信康を抱いた元康が現れる。

松平元康　みんな無事か！　怪我は無いか！
家臣の怪我の様子を心配する元康。

石切丸　みな無事でございます。
松平元康　そうか！　それは良かった…。
元康は大倶利伽羅に気がつき、

松平元康　おお！　お主！　見事な戦いぶりであったぞ！
大倶利伽羅　…。
松平元康　見慣れぬ顔じゃな…名はなんと言う。
石切丸が微笑みながら一歩前に出て、

石切丸　榊原康政という者です。
大倶利伽羅　！
松平元康　…なんと。

元康は石切丸に信康を預けて大倶利伽羅に駆け寄り、

松平元康　榊原康政…父に仕えていた榊原長政の倅か？
大倶利伽羅　……。

元康は大倶利伽羅の手をとり、

松平元康　…生きておったのか…良かった…良かった…。
大倶利伽羅　…。
松平元康　…亡き父にかわって…このわしを支えてくれ…頼む…この通りじゃ。

頭を下げ、涙を流し懇願する元康。
大倶利伽羅は思わず膝をつき、

大倶利伽羅　…は。

松平元康　そうか！　ありがとう！　ありがとう。

信康が泣き始める。

松平元康　おうおう、そうじゃのう、嬉しいのう。嬉しくて泣いておるのじゃのう……元忠！

物吉貞宗　はい！

ニッコリと笑う元康と物吉貞宗。

松平元康　…これからじゃ…松平家はこれからじゃ！

石切丸に信康を預けて笑いながら元康がいなくなる。
石切丸を睨みつける大倶利伽羅。
微笑みを返す石切丸。

刀剣男士達は安堵の笑みを浮かべる。

石切丸以外がいなくなる。
石切丸が抱いている信康に子守唄を聴かせる。

♪ M9　瑠璃色の空Ⅱ

石切丸

ねんねん　ねんねん　ねんころりん
ねんねん　ねんねん　ねんころりん

瑠璃色の空見上げては
永久《とこしえ》を詠む
玉響《たまゆら》の闇
後《のち》に千代《ちよ》籠《こ》む
君の名は竹帛《ちくはく》に垂《た》る

ねんねん　ねんねん　ねんころりん
ねんねん　ねんねん　ねんころりん

石切丸　…桶狭間の合戦後、松平元康は今川家より独立。
織田信長と同盟を結ぶ。永禄九年、名を徳川家康と改める。

【第11場】

少年期の松平信康がやって来る。
泥だらけである。

松平信康　半蔵。
石切丸　これは若君。
石切丸が信康と戯れる。
石切丸　おうおう、これはまた随分と泥塗れですね。

袖で信康の顔を拭う石切丸。
嬉しそうな信康。

松平信康　そうじゃ半蔵、また新しい花を見つけてきたぞ。

信康が懐から花を取り出す。

石切丸　おお、これは珍しい。
松平信康　なんという花なのじゃ？
石切丸　鳥兜です。
松平信康　とりかぶと？
石切丸　はい、猛毒です。

小さく悲鳴をあげて鳥兜を落とす信康。
信康はしげしげと鳥兜を見つめて、

松平信康　こんなに小さな花なのに猛毒なのか…やはり植物は面白いのう。

石切丸は鳥兜を懐に入れながら、

石切丸　また花を摘みに行っていたのですか？
松平信康　…。
石切丸　剣術の稽古だったのではないですか？
松平信康　…剣術は…好きではないのだ。

沈黙。

松平信康　…父上には…言わないでもらえないか。
石切丸　…仕方ありませんねぇ…では罰として。
松平信康　罰？
石切丸　私の真似をしてくだされ。こうです。
祓いたまえ……清め給え……。
松平信康　こうか？　はらいたまえきよめたまえ。

信康は喜んで真似をする。

石切丸　そうです。お上手ですよ。

物吉貞宗、蜻蛉切、にっかり青江が現れる。

松平信康　あ、忠勝！

信康は蜻蛉切の肩に乗る。

蜻蛉切　おお、若君、だいぶ重たくなられましたな。
松平信康　早う大きくなって父上のお役に立ちたいのじゃ！
蜻蛉切　頼もしいですな。ですが、お役に立ちたいのであれば剣術の稽古をさぼってはいけませんぞ。
松平信康　…何か他のことでお役に立てるといいな。
物吉貞宗　他のことですか？
松平信康　…例えば…花を摘んだり…花を育てたり……うーん…わしに何が出来るのだろう…。

言いながら、どんどん元気がなくなり、考え込んでしまう信康。

大倶利伽羅が急ぎ足でやって来る。

吾兵が追いかけて来る。

吾兵　榊原様！

吾兵を無視して行こうとする大倶利伽羅。

吾兵　お願いします！　榊原様！
大倶利伽羅　…お前、いいかげんに…。

吾兵は頭を下げ、

吾兵　さ、榊原様！　おらあに剣術を教えてくだせえ！
大倶利伽羅　…何度言ったらわかる。
吾兵　お願いします！　榊原様！
大倶利伽羅　…断る。

ガックリうなだれる吾兵。

物吉貞宗　吾兵さん、どうして剣術を習いたいんです？
吾兵　…おらあ…強くなりてえんです。
蜻蛉切　どうして強くなりたいのだ？
吾兵　…おらあは元々百姓の出です…戦に巻き込まれて親あ殺されて…妹と二人で逃げたんですけど…食う物もなくて…妹のミツは…。

俯く吾兵。

吾兵　…だから…だから…おらあ、強くなりてえんです！お願いします、榊原様！

土下座して頼み込む吾兵。

大倶利伽羅　…。

信康が吾兵の手を取る。

松平信康　…康政、わしからも頼む。
大倶利伽羅　…。

松平信康　…頼む、康政！

　　沈黙。

大倶利伽羅　……わかりました。

　　安堵の空気が流れる。

吾兵　あ、ありがとうございます！

　　地面に額をこすりつけて感謝する吾兵。

大倶利伽羅　…慣れ合うつもりはないが…手を抜くつもりもないからな。
吾兵　はい！
大倶利伽羅　…来い。

　　大倶利伽羅がいなくなる。

　　涙を流して喜んでいる吾兵。

大倶利伽羅の後を追おうとするが、
信康に手を摑まれている。

吾兵　…？

信康は吾兵の手を見て、

松平信康　…吾兵とやら…お主、この手は…。
吾兵　え？　あ、ああ、お恥ずかしい。子供の頃から
畑仕事ばかりしてきましたんで…。

信康は吾兵の手をしげしげと見つめて、

松平信康　…ごつごつとしているの。
吾兵　…。

大倶利伽羅が戻って来て、吾兵を睨む。

大倶利伽羅　…。

石切丸は微笑みながら、

石切丸　吾兵さん。

吾兵　え？

大倶利伽羅が睨んでいることに気がつき、

吾兵　あ、榊原様！　申しわけございませぬ！

大倶利伽羅が去って行く。

吾兵　お待ち下され！

吾兵が大倶利伽羅の後を負う。

蜻蛉切と物吉貞宗が去って行く。

松平信康　…ごつごつしていた…ああいう手になるのか…
それにひきかえわしの手は…やわらかいの…。

手のひらを見つめながら去って行く信康。

石切丸　…。

石切丸は信康を目で追う。

にっかり青江　…心の優しい子に育ったね、信康さん。
石切丸　ん？　ああ、そうだね。

沈黙。

にっかり青江　…ねえ、石切丸さん。
石切丸　…さてと、私も行かないと。

石切丸がいなくなる。

にっかり青江　……。

にっかり青江は石切丸のことを気にしつつ、いなくなる。

【第12場】

元亀元年、六月。

高台に立っている家康、脇に控える蜻蛉切と物吉貞宗。
少し離れたところにいる石切丸。
石切丸は手帳に書き付けながら、

石切丸　元亀元年、六月二十八日、近江、姉川を挟み、
織田徳川連合軍と浅井朝倉連合軍が対峙する……早朝。

遠くに響くホラ貝の音。

徳川家康　…始まったの。
物吉貞宗　…はい。
徳川家康　…勝てるかの…この戦。
物吉貞宗　…勝てます。
徳川家康　…本当か？
物吉貞宗　…本当です。
徳川家康　…幸運は…。
物吉貞宗　はい！　我が軍にございます！

家康は安堵の笑みを浮かべ、

徳川家康　…そうか。

石切丸は書き付けながら、

石切丸　…攻め寄せる朝倉勢は一万。迎え討つ徳川勢は五千。
先陣を切ったのは…酒井忠次こと、にっかり青江。

にっかり青江が兵を率いて、

にっかり青江　…さあ、斬ったり斬られたりしよう。

にっかり青江軍が朝倉勢と乱戦。

あえて形勢不利のままいなくなる。

徳川家康　…お、おされているではないか！

物吉貞宗　大丈夫ですよ！

徳川家康　何を根拠に…。

物吉貞宗はニッコリと笑顔を浮かべる。

物吉貞宗　殿には…幸運が味方していますから。

徳川家康　……そうじゃな…元忠の言うことを信じよう。

物吉貞宗　はい！

物吉貞宗は少し離れたところにいた蜻蛉切の元へ行き、

物吉貞宗　…蜻蛉切様。
蜻蛉切　…。

覚悟を決めかねている様子の蜻蛉切。

物吉貞宗　このいくさは蜻蛉切様にかかってるんです。
蜻蛉切　…しかし…。
物吉貞宗　大丈夫、出来ますよ！
蜻蛉切　…やはり…俺があの人を名乗るなど…冒瀆でしかない。

俯く蜻蛉切。
物吉貞宗は蜻蛉切に聞こえないように、

物吉貞宗　もう、蜻蛉切様は真面目だなあ…よーし、こうなったら…蜻蛉切様！
蜻蛉切　？
物吉貞宗　あなたのかつての主、本多忠勝さんを冒瀆しているものがいます！

蜻蛉切の表情が変わる。

蜻蛉切　…あの人を…冒瀆？
物吉貞宗　はい！
蜻蛉切　…何処だ？　そのようなもの…斬って捨ててくれる。
物吉貞宗　ここに！

物吉貞宗が蜻蛉切を指差す。

蜻蛉切　…？
物吉貞宗　忠勝さんを冒瀆しているのは蜻蛉切様自身です！
蜻蛉切　…何を言う物吉貞宗。
物吉貞宗　だってそうじゃありませんか！　あなたは今回の任務で忠勝さんが歴史上で果たした役割を演じきらなければならないんですよ！
蜻蛉切　だが、それは恐れ多いことだと…。
物吉貞宗　それです！　その恐れ多いと思ってる気持ちそのものが冒瀆なんです！
蜻蛉切　…物吉、いったい何を…。
物吉貞宗　なれるわけがないじゃないですか！　あなたが、あの、本多忠勝さんに！　心の何処かで忠勝さんになれると思っているから恐れ多いなんて感情を抱くんじゃないんですか？

蜻蛉切　…そう…なのか。
物吉貞宗　別なんです！　蜻蛉切様と忠勝さんは別の存在なんです！
だから忠勝さんになろうなんて思わなくていいんです！
蜻蛉切　…それで…よいのか？
物吉貞宗　いいんです！　蜻蛉切様は蜻蛉切様のままで、このいくさで、
忠勝さんへの思いをぶつけて下さればいいんです！
蜻蛉切　…あの人への…思い。

蜻蛉切は俯きながらも、ふつふつと思いを溜めていく。

蜻蛉切　…俺がこのいくさで活躍しないと…あの人は歴史に
残らない……あの人が…歴史に残らないだと！

刮目し、拳で己の額を打つ。

蜻蛉切　…許せん…俺は…俺自身を許せん！　物吉貞宗、
ありがとう！　目が開かれたぞ！

蜻蛉切は家康の前で跪き、

蜻蛉切　…殿、行ってまいります。

徳川家康　…なんじゃ？ 忠勝、何処に行くのじゃ？

蜻蛉切　…弱い、己を斬りに。

徳川家康　…ん？ それは何処におるのじゃ？

蜻蛉切　あちらに。

敵の本陣を指差す蜻蛉切。

徳川家康　…ん？ 忠勝…あっちは敵の本陣じゃぞ。

蜻蛉切　行ってまいります！

徳川家康　…ん？ なんじゃと！ 忠勝！ どういうことじゃ！ 待て！ 忠勝！

石切丸は書き付けながら、

石切丸　この時の蜻蛉切さんは凄かった！ 向かって来る一万の敵兵のど真ん中へたったひとりで突入したのだ！

徳川家康　忠勝！ なにをしておるんじゃ忠勝！

狼狽する家康。

物吉貞宗　行っけー！　蜻蛉切様！

敵のど真ん中で仁王立ちする蜻蛉切。

雄叫びをあげる。

蜻蛉切が敵の中央を突破して行く。

♪M10　ただ、勝つために

蜻蛉切　無敗を誇り
無双を貫き
無傷で帰って参る
あの人の名を

残すために
ただ、勝つために

突入する　この背中に
確かに見えるだろう？
歴史に刻まれる
名将の轍《わだち》が
確かに聴こえるだろう？
歴史に轟く
武勇の讃歌が

俺が触れれば
真っ二つ
俺が進めば
道が拓ける
あの人が歩んだ道だ

無敗を誇り
無双を貫き

無傷で帰って参る
あの人の名を
残すために
ただ、勝つために
ただ、勝つために…

戦は徳川軍の勝利で終わる。
勝鬨の声を上げる蜻蛉切と徳川軍の家臣達。
離れたところで見ていた千子村正。

千子村正
ｈｕｈｕｈｕｈｕ。あれだけ嫌がっていたのに…
流石は村正のファミリー、痛快デス！

時間が経過し、家康の本陣。
蜻蛉切が戻って来る。

徳川家康　……！

蜻蛉切は跪き、

蜻蛉切　…殿、ただいま戻りました。

徳川家康　…忠勝。

家康は蜻蛉切に駆け寄り、摑み掛かる。

徳川家康　何をやっておるのじゃ！　無茶をしおってからに！
良いか、二度とあのような無茶をするでないぞ！
死んでしまってからでは遅いのじゃぞ！

蜻蛉切　…申しわけございません。

徳川家康　…全く、無事であったから良いようなものを…無事で…無事で…。

家康が泣き崩れる。

徳川家康　…無事で…無事で良かった…忠勝…よく生きて

蜻蛉切　帰ってくれた…ありがとう…ありがとう…。
　　　　…殿。

　　　　　様子を見ていた千子村正。

千子村正　…やれやれ…ワタシのファミリーのことがそんなに大切ですか…。

　　　　　隣に物吉貞宗が現れる。

物吉貞宗　…ああいうかたなんです、家康公は。
千子村正　…あれも狸親父の芝居ということではありませんか？
物吉貞宗　…それは誤解なんですよ、ほんとうに。

　　　　　物吉貞宗がいなくなる。

千子村正　…ふう…仕方ありませんね。

　　　　　千子村正がいなくなる。
　　　　　石切丸は書き付けながら、

石切丸　本多忠勝の単騎駆けに動揺した朝倉勢の側面を榊原康政の隊が攻撃。
この攻撃により敵は総崩れになり、いくさは織田徳川連合軍の
大勝利で終わった…このいくさは後に姉川の戦いと呼ばれることになった。

【第13場】

夜。

大倶利伽羅と吾兵がいる。

剣術の稽古。

大倶利伽羅　…いくさにおいて必要なのは技術ではない…気だ。
吾兵　気、ですか？
大倶利伽羅　…目の前の相手を必ず倒すという気…。

大倶利伽羅が構える。

吾兵も並んで構える。

大倶利伽羅　…相手の目を真っ直ぐに見据えろ。
吾兵　…はい。
大倶利伽羅　…そして気を蓄え…放つ。

大倶利伽羅が気合いの声とともに刀を振る。

吾兵も刀を振る。

大倶利伽羅が気を解く。

大倶利伽羅　…日頃の稽古から気を操れるようにしておけ…技術は後からついてくる。
吾兵　はい！　ありがとうございます！

石切丸と信康がやって来る。

はにかんでいる様子の信康。

大倶利伽羅　…？

石切丸　ほら、若君。お願いしてごらんなさい。

信康は吾兵に駆け寄り、

松平信康　…のう吾兵、お前に頼みたいことがあるのじゃ。

吾兵　お、おらあにでございますか？

松平信康　…畑の…作り方を教えて欲しいのじゃ。

吾兵　はたけ…で、ございますか？

松平信康　…わしは…花や、色々な植物を育ててみたいのじゃ…
でも、どうしても上手くいかぬ…枯らしてしまうのじゃ。

俯く信康。

吾兵　……ええ、おらあでよければ、いくらでもお教えいたします。

松平信康　本当か？

吾兵　はい。そのかわり…おらあもお願いごとをしてもいいですか？

松平信康　なんじゃ？　なんでも言ってみよ。
吾兵　…。
松平信康　なんじゃ？　何か欲しいものがあるのか？
吾兵　……おらあに…字を教えて頂けねえでしょうか。
松平信康　…字？　字を教えればいいのか？
吾兵　…はい。
松平信康　教えよう！　わしもまだそんなに多くは教えられぬが、知っている字は全て教えよう！　いや、新しい字もお前に教えるために覚えるぞ！
吾兵　ほ、本当でございますか！
松平信康　約束じゃ！
吾兵　ありがとうございます！

手を取り合う信康と吾兵。

石切丸　お二人とも、榊原殿が心の中でこう申しておりますよ。『畑仕事も学問も良いが今は剣術の稽古の時間だぞ』と。
大倶利伽羅　…。

大倶利伽羅が石切丸を睨む。

松平信康　そうであった！　康政、わしにも剣術を教えてもらえまいか？
大倶利伽羅　……わかりました。

喜ぶ信康。
嬉しそうな吾兵。
さんにん並んでの稽古が始まる。

石切丸は少し離れたところから様子を見ている。

♪
M11　かざぐるまⅡ

石切丸　風は季節を巡らせる
春を目覚めさせ　夏を呼び
秋に染まり　冬を連れてくる
回れよ　回れ
かざぐるま

カラカラと…
カラカラと…
回れよ　回れ
かざぐるま
幾年月

石切丸　…。

石切丸は手帳を取り出し、

石切丸　…若君、信康さんは心根の優しい子だった。花が好きで、自然が好きで…いったい誰に似たんだろう…。

吾兵さんと出会ってからは剣術の稽古も怠らず、むしろ熱心に取り組んでいくようになった。

学問も納め、非の打ち所のない若者に成長していった…

…こういうのを親ばかと言うのだろうか？


笑みを浮かべる石切丸。

風が吹く。
一転して暗い表情を浮かべ、

石切丸　…信康さんが立派な人間に成長していけばいくほど、
これで良いのだろうかという思いに苛まれた。
私はいったいなんのために彼の傍にいるのだろう？私はいったい何をやっているのだろう。
何か他にも道があったのではないか…そんな思いも抱いて…。

石切丸は筆を止める。

石切丸　…。

頁を破く石切丸。
丸めた紙を握りしめた手を見つめる石切丸。
誰か来る気配を感じ、紙を懐にしまう。
刀剣男士達と吾兵は
青年になった信康を囲むように跪いている。

【第14場】

家康がやって来る。

徳川家康　信康。
松平信康　父上！
徳川家康　おお、皆もここに居たのか。丁度良い、紹介しよう。

千子村正がやって来る。

千子村正　井伊直政と申します。徳川様の家来に加えて頂く事になりました。
どうぞお見知り置き下さい。

恭しく頭を下げる千子村正。

物吉貞宗は嬉しそうな表情を浮かべている。

家康は家臣達を見回し、

徳川家康　うむ。皆、力を合わせ、これからも徳川家を盛りたててくれ。

頭を下げる刀剣男士達。

蜻蛉切は千子村正にだけ聞こえる声で、

蜻蛉切　ふふ、どういう風のふきまわしだ？

千子村正　さあ…きっとイタズラな風がふいたのでショウ…huhuhuhu。

家康は少し不安そうな様子で、

徳川家康　…我らはこの先、武田との戦を控えておる…
無敵を誇る武田の騎馬隊を相手に…我が軍が勝てるかどうか…。

松平信康　父上。

徳川家康　？

信康はニッコリと笑う。

松平信康　そのような顔をしていては幸運が逃げますぞ。のう、元忠。
物吉貞宗　はい！　おっしゃる通りです！
松平信康　何よりも笑顔、ですぞ、父上。
徳川家康　…ふふ、そうじゃの。
松平信康　はい…吾兵。
吾兵　は！
松平信康　失礼仕る。
徳川家康　おお。

信康は家康に一礼し、吾兵を伴って去って行く。

家康は去って行く信康を目で追い、

徳川家康　…半蔵。
石切丸　は。
徳川家康　あれを立派な若者に育ててくれた…感謝するぞ。
石切丸　…は。

家康が去って行く。

にっかり青江　…石切丸さん、ちょっといいかな。
石切丸　すまない、またの機会に。

石切丸がいなくなる。

にっかり青江　…。
物吉貞宗　…どうするつもりなんだろう…石切丸様。
千子村正　どうするつもりとはなんデスか？
蜻蛉切　…信康様のことだ。
千子村正　ああ、そのことデスか。
大倶利伽羅　…信康が…どうかしたのか？

物吉貞宗は蜻蛉切と目を合わせる。

蜻蛉切は無言で頷く。

蜻蛉切　…これから後、史実では…信康様は切腹させられる…家康公の命で。
大倶利伽羅　…理由は。
物吉貞宗　……わからないんです
大倶利伽羅　……何故。
物吉貞宗　…ずっと家康公の傍で見ていました…それでも
…信康様が切腹させられた理由はわからないんです。
蜻蛉切　…俺も近くで見ていた…だが…俺にも理由は
わからなかった。
物吉貞宗　…家康公はそのことでずっと苦しんでいました
…亡くなるまで…ずっと…。

沈黙。

千子村正　優秀な子供のいなかった織田信長が信康さんの才能に嫉妬し、
家康公に命じて殺させた…そんなふうに言われていマスよね？
物吉貞宗　…そう言われていることは知っています…でも、そんな理由で
大切な跡取りを殺すと思いますか？　ましてやあの家康公が…。
千子村正　武田と内通したとか、人格に問題があったとか、家臣の派閥争いに
巻き込まれたとか、そんなふうにも言われていマスね。

物吉貞宗は首を振り、

物吉貞宗　…そういう説があるのも知っています…でも、みなさん見てきましたよね？
蜻蛉切　そんなことはなかったはずです。
物吉貞宗　…ああ、そうだな。
蜻蛉切　…もしかしたら…今回は…この歴史の流れなら
物吉貞宗　…信康様は切腹させられなくて済むのかも…。
千子村正　…我らは刀剣男士だ…そのような期待を抱くな。
蜻蛉切　…そう…ですよね…。
千子村正　物吉君の意見はなかなか興味深いデスね。
物吉貞宗　…村正。
　その場合、この歴史は何処へ行ってしまうのでショウ？
　信康さんを介錯した刀も村正だと言われているというのに
　…huhu…もはや妖刀ではなくなってしまいマスねえ。
　…村正様。

沈黙。

にっかり青江　…家康公から信康さんの介錯を頼まれたのは…服部半蔵なんだよね…。

ハッとする刀剣男士達。

蜻蛉切　…石切丸様は…そのことを知った上で服部半蔵の役割を？

にっかり青江は頷く。

物吉貞宗　…どうして…そんな…。

蜻蛉切　…我らの手を汚させないため…か。

沈黙。

にっかり青江は石切丸が去って行った方を見つめ、

にっかり青江　…ちょっと…ひとりで背負い過ぎなんじゃないかな。

【第15場】

長篠設楽ヶ原の戦い。

刀剣男士達がそれぞれの場所に散る。

家康が現れ、

徳川家康　服部半蔵！

石切丸　は！

徳川家康　酒井忠次！

にっかり青江　は！

徳川家康　本多忠勝！

蜻蛉切　は！

徳川家康　井伊直政！

千子村正　…は！

徳川家康　榊原康政！

大倶利伽羅　…は！

徳川家康　鳥居元忠！
物吉貞宗　は！
徳川家康　…これより、武田家との雌雄を決する！
みなのもの…心してかかれ！

刀剣男士達が「応！」と返事をする。

徳川家康　…みな…死ぬでないぞ。

刀剣男士達が散る。

高台に家康、信康が立っている。

吾兵は信康の脇に控えている。

徳川家康　元忠よ、この戦、勝てるな？
物吉貞宗　はい！　幸運は我らにあります！
徳川家康　…うむ。
松平信康　父上は我らがお守りいたします。のう、吾兵。

吾兵　は！
徳川家康　ふふ、頼もしいの。
　信康は遠くを眺め、
松平信康　…そろそろ忠次が奇襲をかけるはずです。
　少し離れたところににっかり青江がいる。
にっかり青江　…さあ…いこうか。
　にっかり青江の隊が奇襲を仕掛ける。
徳川家康　…戦況は？　どうなんじゃ？
吾兵　我が軍が優勢です。
徳川家康　流石は忠次じゃ！
　怪しい気配が漂う。

遠くを見ていた吾兵が、

吾兵　…敵の軍勢が…鉄砲隊を突破しました！
徳川家康　な、なんじゃと！　織田殿の鉄砲隊を？
蜻蛉切　…この気配。
石切丸　…来るよ。

時間遡行軍が現れる。

徳川家康　…なんじゃ？　あ奴ら…。
物吉貞宗　…殿、ここはお下がり下さい。
徳川家康　…うん？　しかし…。
物吉貞宗　幸運が逃げてしまわないうちに。
徳川家康　む…わかった。

家康、信康、吾兵がいなくなる。

刀剣男士達と時間遡行軍が対峙する。

物吉貞宗　行きましょう、勝利をつかむために！
千子村正　さて、妖刀伝説を見極めなさい。

戦闘が始まる。

刀剣男士達がそれぞれ戦う。

時間遡行軍を撃退する。

大倶利伽羅以外の刀剣男士がいる。

にっかり青江　…流石に手強かったね。
石切丸　…家康公の元に急ごう。

刀剣男士達がいなくなる。

徳川軍本陣。

大倶利伽羅が時間遡行軍を相手に奮戦している。

信康と吾兵は家康を守るように囲んでいる。

大倶利伽羅が時間遡行軍相手に辛勝する。

流石に消耗して跪く大倶利伽羅。

徳川家康　…なんなんじゃあ奴らは…面妖な…まるで人とも思えぬ。

隠れていた時間遡行軍が家康に襲いかかる。

吾兵　殿！

身を盾にして家康を守る吾兵。

大倶利伽羅　！

松平信康　吾兵！

大倶利伽羅　おおおおおおおおお！

時間遡行軍を斬り倒す大倶利伽羅。

倒れた吾兵を抱え起こす信康。

松平信康　吾兵！　しっかりしろ！　吾兵！

大倶利伽羅は吾兵を見ることが出来ない。

吾兵　…はは…やっぱり…おらあは…百姓やってるのがお似合いだったんですかね…。

松平信康　喋るな吾兵！

吾兵　…戦さえなけりゃ…おとうもおっかあも…ミツも…戦さえなけりゃ…。

徳川家康　…。

吾兵　……お先に……失礼します……。

吾兵が事切れる。

松平信康　吾兵！　吾兵！

徳川家康　…。

家康は俯いている。

大倶利伽羅　……だから……慣れ合いたくなかったんだ……。

刀剣男士達が駆けつける。

物吉貞宗　殿！　ご無事で。
徳川家康　…吾兵が。

吾兵の亡骸を見つめ、呆然とする刀剣男士達。

石切丸　…天正三年…五月…織田徳川連合軍は…長篠、設楽ヶ原において…武田軍を破り…勝利する。この戦いの後、徳川家康は遠江まで領地を拡大し、織田信長は天下人に名乗りを上げることとなる。

溶暗していく。

【第16場】

墓地。

石切丸が跪き、吾兵を始め、死んでいった人間を弔っている。

♪M12　力があれば…

石切丸
この手で掬《すく》いあげたい
この手で救いたい
いくら祈っても
零《こぼ》れ落ちていく
指の隙間から

何故戦うのだ？
何故奪い合うのだ？
もう誰もこの手から
零《こぼ》れ落としたくない
だから…

力があれば…
底知れぬ強さが…
私は…
私は…

俯く石切丸。

石切丸
……すまない……吾兵…。

大倶利伽羅がやって来る。

大倶利伽羅　…。
石切丸　…。

大倶利伽羅が抜刀して石切丸に斬りかかる。
石切丸も抜刀して大倶利伽羅の一撃を受け止める。
静寂。

石切丸　……重くなったね……君の剣。

石切丸は力無く微笑み、いなくなる。

大倶利伽羅　…。

石切丸の背中を見つめる大倶利伽羅。

にっかり青江が現れる。

にっかり青江　…石切丸さんはね…本当は好きじゃないんだ…いくさがね…。
大倶利伽羅　…。
にっかり青江　…病を治したいという人々の願いを聞いてきた彼が
いくさをしなくてはならないなんて…皮肉だよね。
大倶利伽羅　…。
にっかり青江　…知ってるかい？ 吾兵だけじゃないんだ。
石切丸さんは全ての人の為に祈っているんだよ
…今まで出会って来た人…死なせてしまった兵士…敵も含めてね。
大倶利伽羅　…。
にっかり青江　…僕なら抱えきれないね。
大倶利伽羅　…そこまでして…なぜ戦う。
にっかり青江　…さあ、聞いてみたことがないからわからないけど…きっと…。
大倶利伽羅　…？
にっかり青江　…全てのいくさを終わらせようとしてるんじゃないかな。
大倶利伽羅　…全ての…いくさを…。
にっかり青江　…うん。この世からいくさを無くす…石切丸さんはそのために戦っている…
そんな気がするよ…僕にはね。
大倶利伽羅　…そんなこと…出来るものなのか。
にっかり青江　…さあ、どうなんだろうね。

にっかり青江が去る。

大倶利伽羅　…。

大倶利伽羅は吾兵の墓に向かって、

大倶利伽羅　……物でいられたうちは……ただ戦っていればよかった…
…この、感情というやつは…戦うには邪魔過ぎる……。

石切丸の去って行った方を見つめ、

大倶利伽羅　……俺は……あいつのようにはなれない……なりたいとも思わない…
…俺は俺だ……俺には俺の戦い方がある……。

一輪の都忘れを取り出す大倶利伽羅。

大倶利伽羅　……いくさの無い世か……ふん……そんな時が来たら…
俺達はどうなってしまうんだろうな…

……だが…俺もそれを見てみたい……
…全てのいくさを終えたらまた来る…
…だからな…今はまだ…花は供えないぞ吾兵……。

大倶利伽羅が去って行く。

信康が現れる。

松平信康
…。

吾兵の墓に手を合わせる。

松平信康
…。

何かを決心したような面持ちで去って行く信康。

不穏な風が吹く。

闇。

青い炎に包まれた一体の検非違使の姿がうっすらと見える。
不穏な風が検非違使の姿をかき消して行く。

【第17場】

物吉貞宗が逃げ惑いながらやって来る。

物吉貞宗 誰か！ 助けて下さい！

蜻蛉切がやって来て、

蜻蛉切 どうしたのだ？ 物吉貞宗。

物吉貞宗 蜻蛉切様！ 助けて下さい！

蜻蛉切 ？

千子村正がやって来る。

千子村正　お待ちなさい。逃しませんよ。

蜻蛉切の背後に隠れる物吉貞宗。

千子村正　隠れていないで、さっさと脱ぐのデス。
蜻蛉切　おいおい。
物吉貞宗　どうしてボクが脱がなくてはいけないんですか？
千子村正　手合せで負けた方が脱ぐ。当然じゃないデスか。
物吉貞宗　ボクが勝ったじゃないですか。
千子村正　勝ったら勝ったで喜びをあらわす為に脱ぐ。そういう決まりなのデス。手合せとはそういう意味デス。
物吉貞宗　どういう意味ですか！

にっかり青江がやって来て、

にっかり青江　僕のいないところで、脱ぐだの脱がないだの…聞き捨てならないね。
物吉貞宗　にっかり様まで…。

千子村正　待っていましたよ。共に脱ぎまショウ。
にっかり青江　戦うしかないよ、僕を脱がせたいなら。
千子村正　丁度良い機会デス。ここはみんなで脱ぎまショウ。
蜻蛉切　何が丁度良いのだ。
物吉貞宗　…ひょっとすると……脱ぐと、何か良いことがあるのでしょうか。
蜻蛉切　影響されるな、物吉。

大倶利伽羅がやって来る。

大倶利伽羅　…。

状況を見て、すぐに帰ろうとする大倶利伽羅。

千子村正が大倶利伽羅を無理矢理連れて来て、

千子村正　おっと。そうつれなくされるとかまいたくなるものデス。
せっかく徳川四天王が揃ったのデスから無意味に並んでみまショウ。
大倶利伽羅　…俺は…脱がない。

石切丸がやって来る。

石切丸　やあみんなお揃いで。仲が良くて何よりだ。
物吉貞宗　石切丸様。
千子村正　石切丸さんも並びませんか？ 楽しいデスよ。
大倶利伽羅　…楽しくは無い。
にっかり青江　…並んで…脱ぐんだってさ…きっと楽しいよ。
大倶利伽羅　…楽しくは無い。
石切丸　せっかくだけれど遠慮するよ。用があるんだ。
千子村正　残念デス。

石切丸が歩いて行く。

蜻蛉切　石切丸様、どちらへ？

石切丸は微笑みをたたえ、

石切丸　…信康さんを…斬りに。

驚愕する刀剣男士達。

物吉貞宗　待って下さい石切丸様！
石切丸　…待てないんだよ物吉くん。今日が何の日か、君ならわからないはずがないだろう？
物吉貞宗　…。
石切丸　天正七年九月十五日…信康さんが切腹した日だ。

沈黙。

石切丸　…これ以上信康さんを生かしておくわけにはいかない…それでは歴史が変わってしまう。

沈黙。

物吉貞宗　……理由は？
石切丸　…理由？
物吉貞宗　…信康様を殺す理由です！

沈黙。

石切丸　…理由なんてどうでもいいんだ…それが歴史上の事実だからそうする…それだけのことだよ。

物吉貞宗　…そんな。

石切丸　…それが徳川家康の歴史じゃないか。

物吉貞宗　…それは…そうですけど…でも…。

石切丸　君はわかっていると思っていた。私の見当違いだったかな。

物吉貞宗　…。

石切丸　…歴史の流れの中で…悲しい役割を背負わされている人もいるそうだよ…信康さんもその一人なのかもしれない。

物吉貞宗　…。

石切丸　…なんにせよ…彼には死んでもらわなければ…。

石切丸が行こうとする。

物吉貞宗　理由も無いのに殺せるんですか！

石切丸は足を止める。

物吉貞宗　…なんの罪も無い人を…殺せるんですか！

　　石切丸は力無い笑顔で振り返り、

石切丸　…物吉君。
物吉貞宗　…？
石切丸　…罪があろうと無かろうと…人を殺めても良い理由なんて…有るとは思えないよ…私は…。
物吉貞宗　！

　　石切丸がいなくなる。
　　物吉貞宗は俯き、

物吉貞宗　…そう…ですよね…石切丸様の言うことは正しい…
ボクたちは刀剣男士なんだ………違う結末を期待してしまうなんて…
長く一緒に居過ぎちゃったからかな…
はは…おかしいな…。

にっかり青江　…おかしくはないと思うよ。
物吉貞宗　…。
にっかり青江　…手に入れてしまった以上…捨てる事は出来ないから。
物吉貞宗　…？

にっかり青江は自らの胸を指し、

にっかり青江　…心のこと。
物吉貞宗　…。
にっかり青江　…あまり無理をすると…壊れてしまうんだって。
物吉貞宗　…にっかり様。

沈黙。

にっかり青江　…さてと。

にっかり青江が行こうとする。

物吉貞宗　…にっかり様。

にっかり青江　…分け合える時は分け合おうと思うんだ…悲しい役割はね。

にっかり青江がいなくなる。

大倶利伽羅　…。

黙ってにっかり青江を追う大倶利伽羅。

物吉貞宗も覚悟を決めて、

物吉貞宗　…ここは…ボクが…。
千子村正　…アナタは幸運だけを運びなさい。こういうことは妖刀の役割デス。
物吉貞宗　…村正様。
蜻蛉切　村正！
千子村正　…なんデス？
蜻蛉切　…忘れるなよ。俺も村正だ。妖刀伝説をお前ひとりで背負うことはない。
千子村正　…。
蜻蛉切　…行こう。

後を追う刀剣男士達。

【第18場】

家康と信康が対峙している。

徳川家康　…なんじゃと？
松平信康　…。
徳川家康　…もう一度言ってみよ。
松平信康　…父上、私と…縁を切って頂きたい。
徳川家康　…何を言っておるのじゃ。
松平信康　…。
徳川家康　…お前は、徳川家の跡取りなのじゃぞ！
松平信康　…。

沈黙。

徳川家康　……理由はなんじゃ？　何か理由があるなら申してみよ。

沈黙。

松平信康　……父上、吾兵は何故、死なねばならなかったのでしょう。
徳川家康　……。
松平信康　……土と共に在る、それが吾兵の在るべき生き方だった……
吾兵の手は土を耕すための手だった……
しかし、吾兵は刀を持つことを選んだ……何故なのでしょう。
徳川家康　……戦で家族をなくした怒りが……そうさせたのであろう。
松平信康　……戦で家族を失った吾兵が戦で命を失う……父上、
この戦乱の世に終わりはあるのでしょうか。
徳川家康　……。
松平信康　……畑を耕していた手……家族を守れなかった手……
……妹の手を握った手……妹の手を離した手……涙を拭った手……
……握りしめた手……刀を握った手……。
徳川家康　……。
松平信康　……父上、私の手はもう……刀を握ることが出来ませぬ。

家康は激昂し、

徳川家康　痴れ者が！　何を情けないことを！　刀が握れんと申すか！
　　　　　戦が出来んと申すか！　わしが！　わしがどのような気持ちで
　　　　　戦をしているのか…貴様にはそんなこともわからんのか！

松平信康　…。

徳川家康　許さんぞ！　許さんからなあ信康！
　　　　　お前はこの徳川家の跡を継ぐのじゃ！
　　　　　勝手なことは許さんからなあ！

家康が去って行く。
石切丸がやって来る。
家康は立ち止まって石切丸を見つめる。

徳川家康　…。

無言で去って行く家康。

石切丸　…。

信康は振り返らず、

松平信康　…半蔵か。
石切丸　…はい。

沈黙。

石切丸は抜刀する。

松平信康　…のう半蔵…わしはわからなくなった。
石切丸　…。
松平信康　…戦を終わらせるために戦をし続ける…果たしてそれでよいのだろうか。
石切丸　！
松平信康　…父上はそれに耐えておる…我が父ながら立派なお方じゃ…
立派な志じゃ…だが…わしに、
父上の跡を継げる器量があるとは思えぬ…。
石切丸　…。

信康は子守唄を一節歌う。

刀剣男士達がやって来て、ふたりの様子を見守る。

松平信康　…覚えておるか？　この唄？

石切丸　……はい。

松平信康　それはそうじゃ、子供の頃、よくお主に歌うてもろうた。

石切丸　…。

松平信康　…半蔵…頼みがある。

石切丸　…？

松平信康　…わしを斬ってくれ。

石切丸　！

松平信康　…父上の跡を継ぐのは…わしではない方がいいのじゃ…。

石切丸　…。

信康は振り返り、

松平信康　頼む半蔵！　徳川家の為じゃ！

石切丸　…信康様…。

俯く石切丸。

石切丸は覚悟を決め抜刀する。

松平信康　…すまんのぅ…最期までお主の世話になる。

信康は刀を置き跪く。

石切丸は信康の首に刀の切っ先を当てる。

松平信康　…。

石切丸　…。

石切丸は刀を下ろし、慟哭する。

石切丸　…私には…私には…出来ない。

静寂。

青い炎が空間を包む。

一体の検非違使が現れ、信康に斬りかかる。

石切丸　信康様！

石切丸が身を挺して信康を守る。

松平信康　半蔵！
物吉貞宗　石切丸様！

刀剣男士達が検非違使を取り囲む。

にっかり青江　…ちょっと…嗅ぎ慣れない匂いだ。
石切丸　……検非違使……歴史の異物を排除するもの…。
蜻蛉切　…検非違使？　これが…。
石切丸　…すまない…私には…信康様を斬れなかった…
私が奴を呼び込んでしまったんだ。

時間遡行軍が現れ、検非違使に一斉攻撃をするが、
瞬殺されてしまう。

物吉貞宗　…時間遡行軍が。
石切丸　…検非違使にとっては時間遡行軍も歴史の異物
…それだけじゃない…生き残ってしまった人間も…我々も。

検非違使が刀剣男士達に攻撃を仕掛けて来る。
驚異的な強さで刀剣男士達に攻撃する検非違使。

千子村正　ｈｕｈｕｈｕｈｕ。圧倒的デスね…勝てる気がしません。
大倶利伽羅　…勝たなければ…ここで終わりだ。

大倶利伽羅が攻撃を仕掛ける。
撥ね飛ばされる大倶利伽羅。

物吉貞宗　単独では駄目です！　一斉攻撃を仕掛けましょう！

刀剣男士達の一斉攻撃。

検非違使には歯が立たない。

ひとり、またひとりと重傷を負っていく。

石切丸が立ち上がり、

石切丸　……ここで折れても……貴様を倒す……。

石切丸の無双。

物吉貞宗　…凄い…でも…。

石切丸を怪しい光が包む。

蛸蛉切　…あの力…危険だ。

雄叫びをあげる石切丸。

怪しい光に支配されかかり、石切丸の動きが止まる。

石切丸　！

検非違使が石切丸に斬りかかる。

松平信康　…半蔵！

信康が身を盾にして石切丸を守る。

石切丸は我に返り、

石切丸　……信康……様。

松平信康　……あまり無理をするな……半蔵……。

笑顔を浮かべ、石切丸にもたれかかるように倒れる信康。

石切丸　……。

石切丸は呆然とし、信康を抱きしめたままへたり込む。

信康の顔を見つめる。

静寂。

石切丸　！！！！！！！！！！！！！！！！！！！！！！

言葉にならない叫びをあげる石切丸。

呼び覚まされるように立ち上がる刀剣男士達。

刀剣男士達がそれぞれ雄叫びをあげる。

一斉に斬りかかる刀剣男士達。

石切丸　死んでいった者の痛みはこんなものじゃない！
にっかり青江　戦ってるんだ。これくらいは普通さ。
蜻蛉切　こんなもの怪我のうちには入らん！
物吉貞宗　負けません！
千子村正　huhuhu……。ワタシを……脱がしましたね！
大倶利伽羅　行くぞ……！

光に包まれる。

【第19場】

元和二年、四月十七日。

駿府城。

今際の際の家康が苦しんで喘いでいる。

物吉貞宗が枕元に現れる。

徳川家康　……元忠……元忠ではないか？

頷く物吉貞宗。

にっかり青江が現れる。

徳川家康　……忠次まで……そうか……迎えに来てくれたのか……わしも……お前らの元へいくのだな。

頷く物吉貞宗。

石切丸、蜻蛉切、大倶利伽羅、千子村正も現れる。

徳川家康　…おお…皆来てくれたのか…すまんのう…
わしだけ長生きして…待たせてしもうた……。

家康は起き上がろうとする。

物吉貞宗が家康を支える。

徳川家康　……皆のおかげでな……泰平の世を築く事が出来たぞ……。

家康がむせる。

徳川家康　……わしはな……戦が大嫌いじゃった…
…どうしたら戦から逃れられるのかをいつも考えていた…
…臆病で情けない主ですまなかったのう…。

首を振る物吉貞宗。

徳川家康　……戦は全てを奪う……あんなものはいらぬ……わしは…

徳川家康　…祖父を殺され……父も殺された……子供の頃から
…いつかは自分も殺されるものだと思っておった…
…そんなのは間違っておる……親の腕に抱かれ…
…子守唄を聴いて……やすらかに眠る…
…子供にとっての幸せは…そんなことじゃ…
…わしは…そんな当たり前のことすら許されぬ世を呪った…
…この世から戦をなくしてやりたい……そう思った…。

家康はふらつきながら立ち上がり、

徳川家康　…見てみい…この泰平の世を……この世から…戦をなくしてやったわ！
どうじゃ！　参ったか！　これがわしの望んだ世じゃ！

高笑いする家康。
むせ返り、倒れる。

物吉貞宗が家康を支える。

徳川家康　……これで……良かったのかのう…

…ここまで来るのに……血が流れ過ぎた…
…本当にこれでよかったのじゃろうか……。

家康は虚空を見つめ、

徳川家康　……信康。

家康はべそをかき始める。

徳川家康　……すまんのう……すまんのう信康…
…かわいそうなことをしたのう…
…信康……すまんのう信康……すまんのう……。

家康は涙を流す。

徳川家康　……情けないのう……。

笠を被った男が現れる。

徳川家康　……お前は……。

男が笠を脱ぐ。

驚愕する家康。

松平信康　…掛川の百姓で、吾兵と申すものです。

徳川家康　……吾兵……そうか……そうか……。

松平信康　…耳を澄ませて下さい。

徳川家康　…?

松平信康　…聴こえてきませんか?

徳川家康　……耳も…遠くなってしもうた。

物吉貞宗　…あなたの築いた泰平の世は…そこかしこから子守唄が聴こえてくる…素晴らしい世の中ですよ。

徳川家康　……そうか……そうか……。

家康が子守唄を口ずさむ。

物吉貞宗も合わせて歌う。

家康の声が聞こえなくなる。

物吉貞宗が俯く。

物吉貞宗　…。

にっかり青江　…笑いなよ…物吉くん。

物吉貞宗は頷き、

物吉貞宗　……よく…生きられましたね……おやすみなさい。

【エピローグ】

本丸。

中庭。

陽光の差す春の一日。

石切丸とにっかり青江が並んで座っている。

にっかり青江はぼんやりと空を見上げている。

石切丸は手帳に書き付けている。

石切丸　…にっかりさん。

にっかり青江　？

石切丸はにっかり青江の似顔絵を見せ、

石切丸　ほら。

にっかり青江　…なんだい？それ。

石切丸　…にっかりさん。

にっかり青江　…ふーん、君には僕がこんなふうに見えてるんだねえ。

石切丸は少し悔しがり、

石切丸　…じゃあ、これはどうだい？

大倶利伽羅の似顔絵を見せる。

にっかり青江　…大倶利伽羅？

無言で頷く石切丸。

にっかり青江　…思い浮かぶよ…これを見たときの彼の表情がね。
石切丸　…。

少々納得のいかない気持ちになりつつも、
書き付けに戻る石切丸。
蜻蛉切と千子村正がやって来る。

千子村正　…つまり…家康公は、幸運であると自分に言い聞かせていたわけデスね。
不幸の塊のような人生だったのに。

蜻蛉切　ああ、そして…物吉貞宗はその思いを受け止め続けていたのだ。
千子村正　…なるほどデスね。
蜻蛉切　どうだ？　これを機に徳川家への印象を改めてみては。
千子村正　それとこれとは話は別デス。印象というのはそうそう変わらないものなのデスよ。何年妖刀やってると思ってるんデスか。
蜻蛉切　ふっ…まあいい。

蜻蛉切は構えて、

蜻蛉切　さあ、胸を貸そう。かかってこい！

千子村正も構えて、

千子村正　ｈｕｈｕｈｕｈｕ。それはどんな悪戯をしてもいいということデスね…。

物吉貞宗がやって来る。

物吉貞宗　あ、剣術の稽古ですか？　ボクも仲間に入れて下さい。
千子村正　…かまいませんよ…終わった頃にはお互い何も

物吉貞宗　着ていないかもしれませんが…。
それは困りますね…では、またの機会に！

走って逃げ行く物吉貞宗。

千子村正　huhuhuhu。逃しませんよ。待つのデス。

千子村正が追いかける。

蜻蛉切は笑いながら去って行く。

にっかり青江　…石切丸さん。
石切丸　…？

笑顔を見せるにっかり青江。

石切丸　…？

どうやら石切丸に笑顔を求めている様子。

石切丸も笑顔を見せる。

にっかり青江　うん、良い笑顔だね。

石切丸の肩をポンポンと叩くにっかり青江。

石切丸　…。

にっかり青江　…石切丸さん。

石切丸　…。

にっかり青江　一緒に笑ってあげることくらいは出来ると思うんだ…僕でもね。

石切丸　…にっかりさん。

にっかり青江　…それだけだよ。

にっかり青江が去って行く。

石切丸　…。

石切丸は微笑み、書き付けに戻る。

石切丸は記録を書き終える。

石切丸　…。

万感の思いを込めて手帳を閉じる石切丸。

伸びをして、太陽を眺める。

鳥のさえずりが聞こえる。

石切丸　…いけない、今日は馬当番だった。

駆け出す石切丸。

大倶利伽羅がやって来る。

大倶利伽羅は石切丸が忘れていった手帳に気がつく。

大倶利伽羅　…。

手帳を手にする大倶利伽羅。
数枚開き、自分の似顔絵を見つける。

大倶利伽羅　……ふっ。

一瞬、微笑みを浮かべる大倶利伽羅。
大倶利伽羅が去って行く。
ほんの数枚だけ、桜の花びらが舞い散る。

♪M13　瑠璃色の空Ⅲ

石切丸　ねんねん　ねんねん　ねんころりん

ねんねん　ねんねん　ねんころりん
夕紅《ゆうくれない》の刻《とき》を過ぎて
訪《おとづ》る静寂《しじま》

にっかり青江
まつり始まる前の静けさ
君はまだゆめの中

物吉貞宗
ねんねん　ねんねん　ねんころりん
ねんねん　ねんねん　ねんころりん

蜻蛉切
瑠璃色の空見上げては
永久《とこしえ》を詠む

千子村正
玉響《たまゆら》の闇
後《のち》に千代《ちよ》籠《こ》む
君の名は竹帛《ちくはく》に垂《た》る

大倶利伽羅
ねんねん　ねんねん　ねんころりん
ねんねん　ねんねん　ねんころりん

全員

瑠璃色の空　ねんころりん
始まりの空　ねんころりん
明けるための夜

黎明《れいめい》の刻《とき》

瑠璃色の空　ねんころりん
暁《あかつき》の空　ねんころりん
結ぶための紲《きずな》

悠久の刻《とき》

黎明《れいめい》の刻《とき》

ねんころりん　ねんころりん
ねんころりん　ねんころりん

幕

本作は、２０１９年1月20日～ 3月24日に上演されたミュージカル『刀剣乱舞』～三百年の子守唄～の上演台本を元に戯曲として加筆・修正等の再構成をしたものです。

実際の上演とは、多少異なる部分がございますので、ご了承ください。

また、一部台詞は原案ゲームより引用したものです。

脚本・御笠ノ忠次×演出・茅野イサム特別対談

――第一弾「阿津賀志山異聞」・第二弾「幕末天狼傳」に続いて制作されたのが、第三弾「三百年の子守唄」になります。当時を振り返っていかがですか?

御笠ノ(以下、御)　「三百年の子守唄」は個人的には、仕事的にもメンタル的にも一番しんどい時期に書いていたんですよね。同時に何本も仕事を抱えていて…。ただ、「三百年の子守唄」は途中でキャラクター変更することなどもなく、最初から割りと内容としては固まっていましたね。

茅野(以下、茅)　でも確か最初は信康が時間遡行軍に乗っ取られて…という設定になっていたと思う。

御　それに対して茅野さんが「もうそういう流れじゃないものにしよう」と提案していただいたんですよね。

茅　時間遡行軍と戦う、とかは今回はなくていいんじゃないかと。最初に御笠ノ君が人物の成長図みたいな説明を書いてくれていたんだよね。「実は大倶利伽羅が一番幼くて…」みたいな。蜻蛉切については「長曽祢虎徹が目指している人物像の完成形」みたいな説明の仕方がされていたのが面白かった。

御　毎回そういう前提はあった上で、物語がどこに行くかは実は自分でもよくわかってないんですよね。だから書いていて楽しいですね、周りは大変だと思いますが…。

茅 準備していた役者の出番がなくなっちゃう、みたいなこともあるよね（笑）。

御 第五弾「結びの響、始まりの音」の時は特にそうでしたね（笑）。最初は坂本竜馬の物語になるかなと思っていたら冒頭で死んじゃって…。その代わりに中島登という人物が出てきて…その段階ではすでに稽古は始まってましたよね？

茅 そうそう。それに榎本武揚については、僕が推したんだよね。

御 榎本武揚が活躍するのは時代的には後半なので、そんなに出番ないかなと思っていたら、書いている内にめちゃくちゃ楽しくなったキャラクターでした。僕が榎本武揚に持っていた江戸っ子のようなイメージと、演じる藤田玲のスキルが融合して出来た、刀ミュが生んだ鬼子のようなキャラクターですね（笑）。榎本武揚だけでストーリーを作ってもいいんじゃないかというくらい、愉快なキャラクターです。

茅 榎本武揚のスピンオフは観たいね（笑）。

御 先日の真剣乱舞祭２０１８でも爆笑をかっさらっていましたからね（笑）。歴史物として描きたいところではありますけど。

茅 榎本武揚自体は歴史的にはあまり評価されてない人物だからね…。

御 ミュージカル『刀剣乱舞』では、刀剣男士を描くことはもちろんですが、僕の歴史解釈も盛り込んでいて、「阿津賀志山異聞」では源義経を殺した藤原泰衡、「幕末天狼傳」では土方や沖田に比べると評価の低い近藤勇、「三百年の子守唄」では信康という風に、ネガティブな見方をされていたり評価が固定されている歴史上の人物の〝そうじゃなかったかもしれない〟可能性を提示したいと強く思っていましたね。そこに刀剣男士が関わっているというのが、刀ミュの肝かなと考えています。僕自身、第四弾「つはものどもがゆめのあと」で登場する、藤原泰衡と三日月宗近のシーンがすごく好きなんですが、実はトライアル公演の台本時点ですでに存在していたシーンなんですよね。

茅　御笠ノ君はその時から奥州藤原三代の話を書いていたんだけど、正直その時はそこを掘り下げても有名ではないしあまり…と思っていたよ（笑）。

御　だからこそ良いバランスになったんだと思います（笑）。その時に茅野さんに色んな資料を読んでもらったんですよね。

茅　あとから色々勉強したね。観客としても、一回目にあれくらいで描いておいて、続編でじっくり…という今のバランスが良かったんじゃないかな。ファンの方も、刀ミュをきっかけにして平泉のことを色々調べてくれているそうだし。

御　いち書き手としては、最初からすべて出し切りたいという思いはあるのですが、原作があるコンテンツでは演出家や役者もいるわけで、当然すべて自分のやりたいことができる訳ではありません。でもだからこそ、そこに僕は面白味のポイントがあると思っているんです。原作モノは制約があるので、脚本家の中には途中で折れちゃう人やイエスマンになる人がいるんですけど、僕はそのどちらも駄目だと考えています。食い下がって戦った上で、お互いのギリギリのラインを目指して成立させると、面白い作品になるんだと思いますし、僕が見出した面白味は正にそこにありました。ミュージカル『刀剣乱舞』のドラマ部分が面白くなっているのはそうした理由も大きいと思いますね。そのぶつかり合いや歩み寄りは、茅野さんとだから成立している部分はありますね。キャラクター部分ではニトロプラスさんとも勿論

茅 ですが。演出家として書き変えて欲しいなと思う所があっても、御笠ノ君には軽い言葉で伝えられないから憂鬱になる時もあるけどね（笑）。なぜ変えなければいけないか、ちゃんと理論武装して、情熱を持っていかなきゃと思うから。御笠ノ君も公演を重ねるごとに作家として力をつけていっているので、毎回最初に脚本を読んだ時に「こうくるか」という驚きがありますし、僕としてもそれに負けないように頑張らないとなと思います。

御 それらがはっきり見えたのが「三百年の子守唄」だと思いますね。最初に茅野さんから「面白い脚本なんだけど、これを一体どう演出するんだよ」って言われたのを覚えています（笑）。これまでと根本的に構造が違い、子育ての話ですからね。派手なことが起こらない、表面上は地味な話だからね。薄皮を一枚一枚重ねていくような舞台でしたね。それが「2.5次元」というカテゴリーの中で出来たというのが大きかったと思います。

茅 そういえば、ずっと御笠ノ君に聞きたいことがあって。君の脚本には「…」が多いよね。「三百年の子守唄」のある場面なんて、全部の台詞の冒頭に「…」があるんだよ。あれはどういう意図なの？ 実は脚本を受け取った後は僕たちほとんど打ち合わせしないからね。だから、今まで聞く機会がなかったけど…。

御 あれはもちろん「間」を意味する箇所もあるんですけど、ほとんどの場合はサブテキストが存在する台詞だと思います。そこには台詞以外の別の情報がある。書かれている文章と感情が同じではない時に、「…」をつけているんだろうなと自分では思っています。

茅　なるほど。僕も役者にはほとんど同じようなことを言っていたな。役者は台詞に「…」があるとやたら「間」を取りたがるんだけど、「そこは間を取る「…」じゃなくて、相手の台詞を聞いているということなんだ。必要じゃない部分で間を取るな」と伝えていました。

御　仰るとおりですね。本番の舞台を観ていて気になったことが一度もない訳だ。今、2.5次元舞台の脚本を書いている作家は、書いてある台詞と役者が表現する感情が大体一致していることが多いんですけど、僕はそれは本質的に演劇ではない、と思っています。書いてある台詞と役者の表現する感情が必ずしも一致する訳ではない、むしろ一致しないことの方が多いと考えていますし、「演劇」という表現はもっと奥行きが豊かなはずで、一つの台詞で色々な感情があっていいと思うんですよね。その部分を茅野さんには理解してもらっているから、舞台で出来上がっているものも、そういうものになっているんだと思います。

茅　なるほどな。初めて聞いたけど、自分がいつも思っていることと全く同じだった。台詞の裏側が読めないと字面のまま演じちゃったりするんだよね。

御　演劇の奥行きというのは本来、戯曲に全て書かれているはずなんですよね。自分にはそれを求められていると思いますし、戯曲にも込めているつもりなので、他の2.5次元を演じてきた役者には難しい部分はあるかもしれないですね。

茅　「三百年の子守唄」みたいに、声を張らずに座ったまま間を取る演技とかは難しいだろうね。

御　役者のスキルはとても求められる作品でしょうね。あの辺りからすごく楽しくなってきました。「三百年の子守唄」の千秋楽では、800人位しか入らない劇場に当日券を買うために1000人くらい並んだとかいう話も聞いて、とても感動しました。

上演記録

【公演期間】
東京　２０１９年１月20日(日)～２月３日(日)
於天王洲 銀河劇場
大阪　２０１９年２月８日(金)～
２月11日(月・祝)
於サンケイホールブリーゼ
京都　２０１９年２月17日(日)～３月３日(日)
於京都劇場
東京凱旋
２０１９年３月15日(金)～３月24日(日)
於TOKYO DOME CITY HALL

【原案】「刀剣乱舞-ONLINE-」より
(DMM GAMES/Nitroplus)
【演出】茅野イサム
【脚本】御笠ノ忠次
【振付・ステージング】本山新之助
【主催】ミュージカル『刀剣乱舞』製作委員会
(ネルケプランニング ニトロプラス
DMM GAMES ユークリッド・エージェンシー)

石切丸役　崎山つばさ
にっかり青江役　荒木宏文
千子村正役　太田基裕
蜻蛉切役　spi
物吉貞宗役　横田龍儀
大倶利伽羅役　牧島 輝

徳川家康役　鷲尾 昇
松平信康役　大野瑞生
竹千代役 ※Wキャスト　中村琉葦
竹千代役 ※Wキャスト　川尻拓弥
吾兵役　高根正樹

岩崎大輔　大野涼太　笹原英作　鹿糠友和
西岡寛修　鴻巣正季　服部 悠　山口敬太
杉山諒二　佐藤一輝
市川裕介　伊達康浩　白濱孝次　塚田知紀
寒川祥吾　小島久人　佐藤文平　松本直也

【音楽監督】YOSHIZUMI
【作詞】浅井さやか(One on One)　茅野イサム
【美術】金井勇一郎(金井大道具)
【殺陣】清水大輔(和太刀)
【照明】林 順之(ASG)
【音響】山本浩一(エス・シー・アライアンス)
【音響効果】青木タクヘイ(ステージオフィス)
【映像】石田 肇　横山 翼
【衣裳】小原敏博
【ヘアメイク】糸川智文
【ライブ衣裳】農本美希(エレメンツ、アッシュ)
【電飾】小田桐秀一(イルミカ東京)
【小道具】田中正史(アトリエ・カオス)
【歌唱指導】カサノボー晃
【太鼓指導】平沼仁一
加藤拓哉　佐藤晃弘(東京打撃団)
【演出助手】池田泰子
【舞台監督】瀧原寿子　土門眞哉
【音楽制作】ユークリッド・エージェンシー
【宣伝美術】江口伸二郎
【宣伝写真】三宅祐介　山崎伸康
【協力】一般社団法人日本2.5次元ミュージカル協会
【制作協力】大迫彩美(アンデム)　加藤稚菜
【制作】ネルケプランニング
【プロデューサー】松田 誠　でじたろう

ヤングジャンプ特別編集

戯曲 ミュージカル『刀剣乱舞』
——三百年の子守唄——

発行日
2019年7月23日［第1刷発行］

著者
御笠ノ忠次 ©chuji mikasano 2019

原案
「刀剣乱舞-ONLINE-」より(DMM GAMES/Nitroplus)

企画・編集
週刊ヤングジャンプ編集部

編集協力
杉山良　北奈櫻子

監修
ミュージカル『刀剣乱舞』製作委員会

装丁
シマダヒデアキ　末久知佳(L.S.D.)

発行人
田中純

発行所
株式会社 集英社
〒101-8050 東京都千代田区一ツ橋2丁目5番10号
電話＝編集部：03-3230-6222
販売部：03-3230-6393(書店専用)
読者係：03-3230-6076

印刷所
図書印刷株式会社

製本
株式会社ブックアート

JASRAC 出 1906692-901　ISBN 978-4-08-780879-7 C0074